KB267892

無敵君臨

무적군림

임영기 新무협 판타지 소설

FANTASTIC ORIENTAL HEROES

무적군림 7

임영기 新무협 판타지 소설

초판 1쇄 찍은 날 § 2011년 10월 18일
초판 1쇄 펴낸 날 § 2011년 10월 25일

지은이 § 임영기
펴낸이 § 서경석

편집부장 § 권태완
편집 § 주소영

펴낸곳 § 도서출판 청어람
등록번호 § 제1081-1-89호
등록일자 § 1999. 5. 31
어람번호 § 제2-2164호

주소 § 경기도 부천시 원미구 심곡2동 163-2 서경B/D 3F (우) 420-822
전화 § 032-656-4452 팩스 § 032-656-4453
http://www.chungeoram.com
E-mail § chungeoram@chungeoram.com

ⓒ 임영기, 2011

ISBN 978-89-251-2658-6 04810
ISBN 978-89-251-2556-5 (세트)

無敵君臨

무적군림

7

죽고 죽이고

임영기 新무협 판타지 소설

FANTASTIC ORIENTAL HEROES

도서출판 청어람

目次

第七十章
사대무공(四大武功)

　태무랑이 총사우장군으로 임명되어 무령왕가에 머문 지 보름이 되었다.

　그는 소천군을 만나고 돌아온 이후 사흘 동안 우장각을 벗어나지 않았다.

　새벽 인시(4시)에 일어나면 우장각 지하의 석실에서 두 시진 동안 무공을 연마했다.

　자신이 전개할 줄 아는 무공들을 정리해서 반드시 필요한 무공 네 가지로 압축하여 그것을 연마했다.

　제일, 오행신공(五行神功).

제이, 염마오행도(閻魔五行刀).

제삼, 오행운라강(五行雲鑼罡).

제사, 공간도(空間渡).

태무랑은 지옥에 있을 때 삼장로가 가르쳐 준 운공조식을 지금껏 시행하고 있다.

그리고 체내의 오행지기를 전신 혈맥에 주천시키면서 외부의 오행지기를 흡수하는 운기법을 병행하고 있었다.

운공조식 두 가지를 따로 하는 것이 번거로웠다. 공력도 증진시키고 오행지기도 증진시키려면 그럴 수밖에 없다.

하지만 그는 구태여 그렇게 할 필요가 없다는 사실에 생각이 미쳤다.

오행지기가 있기 때문에 공력은 불필요하다. 그래서 삼장로에게 배운 심법의 장점만을 추려서 오행지기의 운기법을 하나로 합쳤다.

태무랑은 그것을 오행신공이라고 이름 붙였다. 그의 체내에 있는 공력의 주(主)가 되는 오행지기를 운공하고 또 외부의 오행지기를 흡수하기 때문이다.

두 번째 염마오행도는 그가 예전에 창안했던 염마도법을 다시 하나로 압축한 염마절초에 기초를 두고 있다.

염마도법 일초식 쾌도난마와 이초식 분광작렬, 삼초식 전뢰강파의 장점만을 따서 하나로 묶은 것이 염마절초다.

　태무랑은 염마절초를 전개할 때 염마도에 오색 빛깔이 일렁이는 것을 보고는 아예 오행지기를 염마절초로 전개하여 발출하면 어떨까 하는 생각을 하게 되었다.

　그는 오행지기 다섯 개 기운을 각기 장풍으로 전개할 수 있다. 그러므로 그것을 염마도로 발출할 수 있지 않을까 생각한 것이다. 그래서 초식 이름을 염마오행도라고 지었다.

　세 번째 오행운라강은 운라귀전을 진일보시킨 수법이다.

　얼마 전에 철화빙선하고 싸울 때 태무랑에게 유일한 공격 수단이 운라귀전이었다.

　그녀가 워낙 고강해서 다른 공격 수단은 전개할 겨를이 없었고, 씨도 먹히지 않았다.

　그리고 결국 운라귀전으로 철화빙선을 만신창이로 만들 수 있었다.

　운이 좋았지만 운라귀전이 위력적이지 않았다면 초절고수인 철화빙선을 그 지경으로 만들지 못했을 것이다.

　그때 철화빙선은 자신을 협공하는 두 개의 운라귀전을 허공섭물의 수법으로 서로 부딪치게 했다가 그 파편에 큰 낭패를 당하고 말았다.

　태무랑은 바로 그것에 착안했다. 운라귀전을 발출했을 때 상대가 그것을 피할 수도 있기 때문에 운라귀전을 지척에 이르게 하여 일부러 터뜨리는 것이다. 즉, 수십 개의 파편으로 적을 공격하는 수법이다.

나중 일이지만, 태무랑은 오행운라강을 연마하던 중에 새로운 깨달음을 얻어 아에 처음부터 수십 조각의 파편을 발출하는 방법을 터득하게 된다.

공간도는 그가 오래전부터 부단히 연습했던 공간이동 수법이다. ‘공간을 건넌다’는 뜻에서 공간도라는 이름을 붙인 것이다.

철화빙선과의 싸움에서, 아니, 태무랑이 일방적으로 무차별 당하기만 했을 때, 만약 철화빙선의 마지막 일격을 공간이동의 수법으로 피하지 못했더라면 그는 이 세상 사람이 아닐 것이다.

아니, 비단 그때뿐만 아니라 공간이동은 여러 차례 그를 죽음의 위기에서 구해주었다.

그러므로 그것의 중요함은 백번을 강조한다고 해도 절대 지나친 일이 아니다.

여태까지는 공간도를 무작정 연마했으나 이제는 방법을 달리했다.

연마하기 전에 어떻게 해서 공간이동이 일어나는지 그 이치를 깨우치는 것이 우선이라고 생각했다. 이치를 모르면서 어떻게 공간도를 연마할 수 있겠는가.

그것은 초식을 모르면서 무작정 무공을 연마하는 것이나

진배가 없는 일이다.

태무랑이 이 네 가지 무공을 정립하고 또 배우기로 결심한 데에는 이유가 있다.

소천군에게서 여러 깨달음을 얻었기 때문이다. 소천군은 태무랑에게 초식은 필요없으며, 오행지주를 찾아서 오행지기를 극대성하여 조화지경에 이르면 다른 것들은 저절로 해결된다는 깨우침을 주었다.

하지만 그 일은 지금 당장 이루어지는 것이 아니다. 우선 오행지주가 어디에 있는지 찾아야 하고, 다음은 그것을 흡수해서 조화지경에 이르러야 한다.

그 두 가지는 하나같이 어려운 일이다. 오행지주를 찾는 것이나 조화지경에 이르는 것은 사람의 능력만으로는 이루기가 거의 불가능하다.

반드시 천운이 따라주어야만 한다. 그렇기에 십 년이 걸릴지 이십 년이 걸릴지 장담할 수가 없다.

아니면 죽을 때까지 이루지 못할 수도 있다. 아니, 그럴 가능성이 구 할 구 푼이다.

조화지경을 이루는 것이 녹록한 일이라면 천하에 조화지경에 이른 사람이 무수히 많을 터이다.

그러나 태무랑에게는 해야 할 막중한 일이 있다. 조화지경을 이루기 전에 복수를 해야 하고 싸움에서 적으로부터 살아

남아야 하는 것이다.

조화지경을 이룬 다음에 복수를 하는 것은 늦다. 또한 그가 조화지경을 이룬다는 확신도 없다.

사실 그는 조화지경에 대한 욕심이 별로 없다. 그보다는 복수를 하는 것이 급선무다.

어쩌면 복수를 끝내고 나면 구태여 조화지경을 이룰 필요가 없을지도 모른다. 아니, 그럴 가능성이 크다.

무령왕의 사위로서 총사우장군의 지위에 충실하면서 수월화와 태화연, 그리고 가까운 사람들과 함께 여생을 보내면 될 것이기 때문이다.

태무랑은 새벽부터 두 시진 동안 이 네 가지 무공을 연마하다가 진시(아침 8시)에 삼층으로 올라가서 수월화, 태화연과 셋이서 아침 식사를 한다.

수월화는 사흘 전에 태무랑과 첫날밤을 보내고 나서는 그날부터 아예 그의 방에서 생활하고 있다. 물론 잠도 그와 함께 잔다.

아침 식사 후에 태무랑은 다시 지하 석실로 내려가 무공을 연마한다.

이후 점심 식사는 하지 않고 계속 무공을 연마하고는 오후 신시(4시)에 삼층으로 올라가서 총사우장군으로서의 업무를 보고 여러 가지 잡무를 마치고는 저녁 식사를 한다.

이때는 수월화와 태화연뿐만 아니라 형구와 우경도의 가족들도 함께 불러서 식사를 한다.

뿐만 아니라 군사인 명운과 두 명의 부총사령인 남악, 검호도 불러서 가족적인 분위기에서 이런저런 대화를 하며 식사를 한다.

그들 세 명과 호위대장인 형구, 비호대장 우경도 이렇게 다섯 명은 태무랑의 최측근이다.

명운은 저녁 식사를 하면서 대화를 하다가 우연히 자신들 다섯 명을 우장오위(右將五衛)라고 불렀는데 이후 그것이 다섯 명의 이름으로 굳어버렸다.

태무랑이 총사우장군으로서 직무를 원활하게 수행하려면 우장오위의 도움과 협조가 필수적이다.

그리고 태화연과 수월화 외에는 가족이 없는 태무랑은 이들 다섯 명을 가족처럼 여기고 있다.

그는 저녁 식사 이후는 우장각 삼층에서만 지낸다. 이때는 수월화와 태화연만이 아니라 우장오위들도 될 수 있으면 함께 어울리도록 한다.

같이 지내는 시간이 많을수록 친밀해지고, 그러면서 유대감이 깊어지기 때문이다.

현재 태무랑이 가장 중점을 두고 있는 일은 두 가지다.

하나는 네 가지 무공을 전력으로 익히는 것이고, 또 하나는 단유천의 행적을 파악하는 것이다.

검호가 단유천의 행적에 대해서 매일 정리해서 저녁 식사 때 태무랑에게 보고를 하고 있다.

천하에 대명제국의 군사가 없는 곳은 한 군데도 없다. 또한 단유천은 철화천궁과 전쟁을 치르면서 언제나 노출되어 있는 상태다.

그러므로 단유천이 죽지 않은 한 그의 행적을 파악하는 것은 그리 어려운 일이 아니다.

문제는 단유천이 언제나 수천 명의 고수들에게 에워싸여 있다는 사실이다.

그러므로 절호의 기회를 잡기 전에는 그에게 접근하는 것 자체가 어려운 상황이다.

은지화는 사흘 전에 만취하여 비한에게 업혀서 그의 거처 인 좌장각에서 그날 밤을 보낸 이후 줄곧 그곳에서 생활하고 있는 중이다.

그날 밤에 비한은 은지화를 자신의 침실에서 재웠다. 그 역 시 몹시 취했기 때문에 그녀를 업고 가서는 침상에 내려놓고 자신도 그 옆에 쓰러져서 잠을 잤다.

다음날 아침에 은지화가 먼저 깼다. 그녀는 커다란 침상에 서 자신과 비한이 함께 자고 있는 것을 발견하고는 소스라치게 놀라고 말았다.

그러나 둘 다 옷을 입은 채 잤고, 그녀가 자신의 몸을 확인한 결과 밤새 아무 일도 없었다는 것을 알 수 있었다.

하지만 은지화가 외간남자와 한 침상에서 잔 것은 태무랑 외에는 처음 있는 일이다.

그녀는 비한이 깰까 봐 침상에서 내려오지도 못하고 그냥 자는 체를 하고 있었다.

그런데 뭔가 이상했다. 아랫도리가 축축했다. 마치 물을 쏟은 것 같았다.

순간 그녀는 자신이 만취해서 자다가 오줌을 쌌다는 사실을 깨닫고 크게 당황했다.

바로 그때 비한이 깨어났으며, 그녀가 오줌을 싼 사실을 알게 되었다.

그때가 그녀가 오줌싸개라는 사실을 태무랑 외의 남자가 알게 된 순간이었다.

은지화는 당황해서 어쩔 줄을 모르는데, 비한은 비밀이라면서 자신도 술에 만취해서 오줌을 싼 적이 여러 번 있다고 털어놓았다.

은지화는 그가 자신을 위로하기 위해서 거짓말을 한다고 직감했으나 잠자코 있었다.

비한이 태무랑하고는 달리 자상하고 세심한 것까지 신경

을 써주는 남자라는 것은 나중에 깨닫게 되었으나, 그때는 그
저 오줌을 싼 것이 창피해서 입을 다물고 있었다.

하여튼 그런 우여곡절 끝에 은지화는 그날 이후 좌장각에
서 비한의 손님으로 머물고 있는 중이다.

자신이 오줌을 쌌다는 것 때문도 아니고, 비한이 마음에 들
어서도 아니다.

태무랑이 수월화와 혼인을 할 것이라는 사실을 알았기 때
문에 다음날 술에서 깨면 당장 무령왕가를 떠나는 것이 마땅
한 일이다.

그런데도 그녀는 그렇게 하지 못했다. 이렇게 떠나 버리면
태무랑하고는 영영 이별이라는 생각이 들었기 때문이다.

그가 다른 여자하고 혼인을 한다는 데도 그와 이별하는 것
은 꿈조차 꾸지 못하는 은지화다.

그래서 어떤 결정도 내리지 못한 채 좌장각에서 비한의 손
님으로 머물고 있는 것이다.

은지화가 좌장각의 손님으로 머문 지 이틀째 저녁 식사 시
간에 비한과 은지화가 마주 앉아서 식사를 하고 있다.

비한은 바깥에서 업무를 볼일이 있는데도 취소하고 은지
화의 발동무가 돼주고 있다.

그러는 이유는 그가 친절한 사람이라서가 아니고, 은지화

에게 딴마음을 품고 있기 때문은 더욱 아니다.

순전히 태무랑에 대한 우정으로 그를 찾아온 손님인 은지화를 대신 대접한다는 생각을 하고 있는 것이다.

그런 의미에서 비한은 은지화가 좌장각에서 머무는 동안 최대한 불편하지 않도록 세심한 신경을 쓰고 있다.

그리고 될 수 있으면 식사는 그녀와 함께 하려고 애쓰고 있다. 그녀 혼자 식사를 하게 하는 것은 예의가 아니라고 생각하기 때문이다.

벌써 대여섯 차례나 함께 식사를 했으면서도 두 사람은 식사를 하는 동안 한마디도 하지 않는다.

은지화는 자신이 만취해서 침상에 오줌을 쌌다는 사실을 비한이 알고 있어서 부끄러움과 수치심 때문에, 그리고 태무랑에게 버림받았다는 비참함 때문에 입을 굳게 다물고 있는 것이다.

반면에 비한은 천성적으로 말주변이 없는 사람이다. 은지화를 편하게 지내도록 해주려고 물심양면 배려를 아끼지 않으면서도 정작 그녀 앞에서는 위로의 말을 어떻게 해주어야 하는지도 모르고 있다.

그래서 오늘 저녁 식사 때에도 두 사람은 꿀 먹은 벙어리처럼 입을 꾹 다문 채 묵묵히 먹기만 하고 있다.

"나쁜 사람. 나 같은 건 까맣게 잊어버렸나 봐."

그런데 은지화가 밥을 먹다가 말고 한참 동안이나 창밖을 뚫어지게 응시하더니 입술을 깨물며 중얼거렸다.

그때 비한은 자신이 무슨 말을 해야 하는지 깨달았다.

"사실 지금 우장거에서는 난리가 났소."

은지화는 창에서 시선을 거두어 비한을 바라보며 무슨 말이냐는 표정을 지었다.

비한은 그녀가 관심을 보이자 손짓발짓 섞어가면서 과장된 동작으로 설명했다.

"내가 말은 하지 않았지만, 지난 사흘 동안 태 형이 은 소저를 찾느라고 야단법석이었소."

은지화는 눈을 크게 떴다.

"정말인가요?"

"그렇소. 태 형은 직접 남경 성내에 은 소저를 찾으러 달려나갔고, 수백 명의 수하를 풀어서 은 소저를 찾으라고 지시했소."

은지화는 귀가 솔깃했다.

"제가 여기에 있다는 것은 말하지 않았겠죠?"

"물론이오."

은지화는 배시시 미소 지었다.

"그 사람은 한번 혼이 나봐야 해요."

"그렇소. 여자를 함부로 대하는 그런 친구는 혼찌검이 나봐야 정신을 차릴 것이오."

은지화의 미소가 조금 더 짙어졌다.

"혼찌검까지 낼 필요는 없어요."

비한은 강경하게 손을 저었다.

"아니오. 은 소저가 명령만 하시면 내가 태 형을 눈물이 쑥 빠지도록 혼내주겠소."

"아이, 그러실 필요 없다니까요."

몇 마디 말로 은지화는 기분이 많이 누그러졌다. 하지만 그녀는 비한이 자신을 위로하기 위해서 거짓말을 하고 있다고 생각했다.

태무랑이 은지화를 찾으려고 동분서주할 사람이 아니라는 것을 누구보다 잘 알고 있기 때문이다.

우장각 삼층에서 태무랑과 그의 측근들의 식사가 거의 끝나가고 있을 즈음,

이때쯤에는 으레 검호가 단유천의 행적에 대해서 보고를 한다.

"그는 여전히 제남(濟南)에 있습니다. 철화천궁 제남지부 때문에 애를 먹고 있는 것 같습니다. 벌써 이십 일째 제남에 발이 묶여 있습니다."

검호는 태무랑이 차를 따라주자 공손히 두 손으로 받으면

서 설명을 이었다.

"철화천궁 제남지부만 쓰러뜨리면 산동성 전체가 평정되고 아울러 천하의 철화천궁 기반을 칠 할까지 붕괴시키는 것이기 때문에 단유천이 총력을 기울이고 있는데, 제남지부주인 철화천궁 오궁주(五宮主) 한천궁주(寒天宮主)가 호락호락하지 않은 것 같습니다."

"그놈은 여전히 호위고수들에게 둘러싸여 있나?"

"그렇습니다. 또한 정보에 의하면 무극백절 이십여 명이 단유천 주위에 머물고 있다고 합니다."

"무극백절이?"

태무랑의 검미가 살짝 찌푸려졌다.

그를 죽이려고 남경으로 몰려왔던 무극백절이 한동안 보이지 않는다고 생각했더니 그곳으로 몰려간 모양이다.

태무랑은 겉으로는 느긋하게 차를 마시면서도 속으로는 조급함을 느끼고 있다.

마음 같아서는 당장에라도 단유천에게 달려가서 웅징을 하고 싶지만 현실이 여의치가 못하다.

지금 복수를 감행하는 것은 죽도 밥도 안 된다. 태무랑에겐 아직 그럴 만한 능력이 없다.

그렇다고 무령왕의 힘을 빌리는 것은 불가하다. 그렇게 해서라도 복수를 이루면 다행이겠지만, 오히려 황실이 무림의 일에 개입했다는 좋지 않은 선례만 남기게 된 채 복수도 하지 못하게 될 것 같기 때문이다.

단유천은, 아니, 무극신련은 그리 호락호락한 세력이 아닌 것이다. 어쨌든 무림의 절대세력이 아닌가.

그동안 태무랑이 무극신련 세력과 싸워서 약간의 흠집을 내긴 했지만, 그 정도는 거대한 곰의 발톱 하나를 뽑은 것에 불과하다.

그러므로 무령왕의 힘을 잘못 사용하다가는 걷잡을 수 없는 일이 벌어질 수도 있는 것이다.

지금 돌이켜서 생각을 하면 예전에 장강에서 단유천이 경뢰궁주의 배를 공격했을 때가 그를 죽일 수 있는 절호의 기회였었다.

그 당시에 단유천은 태무랑에게 죽을 고비를 넘기고 중상을 입은 채 간신히 살아서 도주했다.

그때 죽이지 못한 것이 두고두고 한이 되었다. 그랬으면 이렇게 속을 썩이지도 않을 것이다.

그때부터 태무랑은 침묵한 채 차를 마시면서 깊은 생각에 잠겨들었다.

"가라."

태무랑은 수월화와 한차례 격렬한 사랑을 나누고 난 후에 줄곧 침상 가에 서서 정사를 지켜보게 했던 옥령을 쳐다보지도 않고 내보냈다.

옥령은 돌아서서 참담한 표정을 지으며 침실을 나갔다.

태무랑은 그녀의 기분 같은 것은 알 바 아니라는 듯 땀에 흠뻑 젖은 수월화의 알몸을 쓰다듬으면서 말을 꺼냈다.

"어디 좀 다녀올까 한다."

"어딜요?"

수월화는 그의 품에 깊숙이 안겨서 행복한 미소를 지으며 물었다.

그녀는 요즘 생애 최고의 행복을 맛보고 있다. 정사라는 것이, 그것도 사랑하는 사람과 정사를 나누는 행위가 이토록 자극적이고 쾌락적일 줄은 꿈에도 몰랐다.

"우선 무창에 가서 삼장로를 죽여야겠어."

수월화는 가만히 듣고만 있었다. 그가 어딜 갔다 온다는데도 태연하다. 당연히 자신도 데리고 갈 것이라고 생각하기 때문이다.

"그리고 단금맹우 나머지 일곱 명도 죽일 생각이야."

그것은 즉흥적으로 말하는 것이 아니라 오래전부터 생각해 온 일이다.

사실은 그것이 순서였다. 삼장로는 단유천과 옥령의 명령으로 금강불괴 계획을 총지휘했던 인물이다. 그러므로 그자부터 죽였어야만 했다.

삼장로와 단금맹우, 즉 단유천의 팔다리를 하나씩 모조리 잘라내서 심리적으로 그를 압박한 다음에 맨 마지막에 놈을 죽이는 것이다.

"오래 걸릴지도 몰라."

"괜찮아요. 당신과 함께 가는 길이라면 그곳이 지옥이라고 해도 상관없어요. 당신을 처음 만난 것도 여행을 하는 중이었으니까 그 길을 다시 거슬러 가면 추억이 새록새록 묻어날 거예요."

수월화는 다시 발기하기 시작한 태무랑의 음경을 만지작거리며 유혹적인 눈웃음을 쳤다. 그러던 그녀의 행동이 뚝 멈춰졌다. 태무랑의 한마디 때문이다.

"령아는 이곳에 있도록 해."

"네?"

태무랑은 별것 아닌 듯이 말했지만 수월화에겐 청천벽력 같은 소리다.

"어째서……."

"위험해."

"하지만 전에도 함께 여행을 했잖아요. 온갖 위험을 무릅쓰면서."

"그때는 네가 남이었지만 지금은 내 여자다."

수월화는 말문이 막혔다. 내 여자이기 때문에 위험한 곳에는 데려가지 않겠다는 뜻이다.

수월화는 서운한 표정으로 그를 올려다보았다.

"그럼 그때는 제가 무슨 일을 당하더라도 당신은 아무렇지 않았다는 뜻인가요?"

태무랑은 옆으로 돌아누워서 수월화의 둔부를 잡고 바짝 끌어당겼다.

"그때도 너를 염려했었지. 하지만 지금처럼은 아니다. 지금은 만약 너에게 무슨 일이 생긴다면 나는 살아가지 못할 것이다."

"정말인가요?"

수월화는 너무도 행복해서 가슴이 찌르르했다.

"어떻게 해야 믿을 테냐?"

"저를… 한 번 더 행복하게 해주세요."

얼굴이 빨개져서 그렇게 말하며 그녀는 태무랑을 밀어서 눕히고는 그 위로 재빨리 올라갔다.

들판을 질주하던 야생마를 잡아서 길들여 우리에 가두어 놓으면 점점 야생의 본능을 잃어가게 마련이다.

그것은 비단 야생마의 경우만이 아니다. 맹수들도 그런 식으로 길들이면 맹수의 본능을 잃고 애완동물로 전락하여 주인이 주는 먹이와 쓰다듬어 주는 손길에 의존하여 살아가게 된다. 그것이 환경 변화와 적응의 무서움이다.

현재 옥령이 그와 같은 처지다. 그녀라는 야생마는, 그리고 맹수는 태무랑에게 포획되어 길들여지면서 차츰 야성(野性)을 잃어가는 중이다.

사람은 짐승들하고는 달리 생각이라는 것을 한다. 그러므로 길들여지는 과정이 훨씬 더 빠를 수도 있고 반대로 더딜 수도 있다.

그것은 다시 야생으로 돌아갈 수 있는 희망이 있느냐 없느냐에 달려 있다.

전자의 경우에는 길들여지는 과정이 더디고 애를 먹는데, 후자의 경우는 반대로 적응이 빠르다.

옥령은 자신이 다시 예전으로 돌아갈 수 있다는 희망을 점점 잃어가고 있다.

그리고 이곳에서의 시녀 생활이 자신의 인생의 전부인 것만 같다는 생각을 하기 시작했다.

즉, 우장각 삼층이라는 우리에 갇힌 한 마리 암호랑이가 야성을 잃어가면서 애완동물이 돼가고 있는 것이다.

그녀는 벽에 뚫린 구멍을 통해서 태무랑이 수월화와 다시 뜨거운 사랑을 나누는 소리를 들으면서 괴로워하다가 이불을 뒤집어썼다.

태무랑이 조금 전에 무창으로 가서 삼장로와 단금맹우를 죽이겠다고 말하는 것을 들었으나 관심조차 없어서 귓등으로 흘려버렸다.

삼장로가 죽든 단금맹우가 차례로 죽든 지금의 그녀하고는 하등의 상관이 없는 일이기 때문이다.

지금은 그보다도 태무랑의 괴롭힘을 어떻게 견뎌내느냐가 더 큰 문제다.

그가 정사를 할 때마다 자신을 침상 가에 세워두는 이유를 그녀는 모르고 있었다.

그러나 이제는 알 것 같았다. 옥령은 걷잡을 수 없이 타오르는 질투를 느끼고 있다.

찢어 죽여도 시원치 않은 원수 놈이 정사를 하는 것을 보고 질투라니 말도 되지 않는 소리다.

그렇게 생각하면서도 옥령은 수월화에게 견딜 수 없는 질투를 느끼고 있다.

한 걸음 더 나아가서 태무랑의 사랑을 받는 사람이 자신이어야 한다는 생각까지 하고 있다.

말하자면 주인의 사랑을 잃어버린 애완동물의 비애 같은 것을 맛보고 있는 것이다.

그러나 더 중요한 것은 옥령이 정신으로는 그런 사실을 다 알고 있다는 것이다.

그러면서도 몸과 마음이 자꾸만 태무랑에게 기울어지고 있는 것이 현실이다.

그것을 뿌리치지 못하는 자기 자신이 한없이 비참해서 괴로워하는 악순환의 연속이다.

태무랑이 무창으로 떠난다는 말을 들었을 때 옥령은 크게 안도했다.

그가 돌아올 때까지는 그가 수월화와 정사를 하지 않을 것이고, 그래서 옥령을 침상 가에 세워두는 고문을 하지 않을 것이기 때문이다.

하지만 옥령은 곧 가슴 한쪽이 떨어져 나가는 듯한 허탈함을 느꼈다.

태무랑이 떠나는 것을 안도하면서도 다른 한편으로는 벌써부터 그를 그리워하기 시작한 것이다.

옥령은 어쩌다가 자신이 이 지경이 됐는지 한심했다. 자신이 현실에 길들여지고 있다는 사실을 자각하면서도 어쩔 수 없기 때문에 더욱 한심했다.

'나쁜 자식, 개자식… 흑흑흑……'

옥령은 이불 속에서 온몸을 떨면서 속으로 흐느꼈다.

한시바삐 이곳을 벗어나야 한다는 생각도, 예전의 천옥선녀 옥령으로 돌아가야 한다는 것도 망각했다. 아니, 포기해 버렸다. 포기할 수밖에 없기 때문이다.

이곳에서는 모든 것을 포기해야만 생존할 수 있다. 빨리 포기할수록 조금이라도 더 편해진다. 희망을 품고 있으면 그만큼 더 괴롭다.

지금 그녀가 당면해 있는 제일 과제는 태무랑을 죽이든지, 아니면 그의 사랑을 받는 것이다. 극단적이지만 아무리 생각해 봐도 그게 최선이다.

하지만 현실적으로 그녀가 태무랑을 죽일 수 있는 가능성은 일 푼도 되지 않는다.

그러므로 그녀에게 남은 과제는 그의 사랑을 얻으려고 노력하는 것뿐이다.

그 사실이 구토가 나올 정도로 역겨우면서도 인정할 수밖에 없는 현실이 그녀는 너무도 원망스러웠다.

옥령은 미치도록 기쁘고 행복해서 눈물이 쏟아졌다.

그래서 이런 일이 현실에서 일어날 수 있는지 의심조차 들지 않았다.

"아아, 사랑해요. 죽도록 사랑해요."

그녀는 두 다리를 한껏 벌려서 태무랑의 음경이 몸속으로 더 깊이 들어오도록 하면서 그의 몸뚱이를 있는 힘껏 끌어안았다.

온몸이 녹아버릴 것만 같은 쾌락의 절정이다. 이 절정의 시간이 지난 후에 죽는다고 해도 후회가 없을 정도다.

"당신을 미워하지 않아요. 저만 사랑해 달라고 욕심부리지도 않을게요. 하지만 저를 잊지만은 마세요. 이렇게 가끔씩 저를 찾아주시면 그걸로 만족해요. 아아……!"

그녀는 태무랑의 커다랗고 단단한 몸뚱이를 끌어안고 몸부림쳤다.

할 수만 있다면 그의 음경뿐만이 아니라 그의 몸 전체를 자신의 옥문 속으로 쑤셔 넣어 자궁 속에 꽁꽁 감춰두고 싶다. 그래서 자신만의 남자로 삼고 싶다. 그러면 평생 태무랑의 몸종으로 살아도 행복할 것 같았다.

"아아… 아아악!"

절정의 꼭대기로 치달리는 순간 온몸이 한 움큼의 물로 녹아버릴 것 같은 굉장한 쾌락에 그녀는 비명을 질렀다.

그리고 자신의 비명 소리에 놀라서 번쩍 눈을 떴다.

그런데 자신의 몸을 짓누른 채 짓밟고 있던 태무랑은 어디에도 보이지 않았다.

그리고 이곳은 자신의 좁고 누추한 방이었다. 그곳 침상에 그녀는 덩그러니 혼자 누워 있었다.

꿈이었다. 얼마나 태무랑을 원했으면 그와 정사를 하는 꿈까지 꾸었을까.

증오하면서 그런 꿈을 꾸지는 않을 터이다. 단지 꿈이지만 그것이 그녀에게 가르치고 있는 바는 컸다.

　아랫도리가 목욕을 한 듯이 축축하고 뻐근했다. 정말로 격렬한 정사를 한 듯한 느낌이다.

　방금까지 절정의 꼭대기에 있던 옥령은 순식간에 깊이를 알 수 없는 나락으로 떨어져 내렸다.

第七十一章
의리(義理)

단유천과 천자필사는 복잡한 대로의 어느 골목 어귀에 서서 저만치 대로의 끝에 버티고 있는 무령왕가의 전문을 살펴보고 있다.

전문 앞에는 이십여 명의 화려한 복장을 한 군사들이 창칼을 번뜩이며 지키고 있다.

[저기에 그놈이 있다는 말인가?]

[그럴 가능성이 큽니다.]

두 사람은 시선을 무령왕가 전문에 고정시킨 채 전음을 주고받았다.

[놈이 저 안에 있는 것을 직접 봤느냐?]

[못 봤습니다.]

단유천은 천자필사를 쳐다보았다.

[그런데 어째서 무령왕가에 놈이 있다고 단언하는 것이냐?]

[모든 정황으로 봤을 때 놈이 무령왕가에 있는 것이 분명합니다. 지난번에 놈이 자인원에 잠입하여 옥령 소저를 납치하는 과정에서 궁지에 몰리게 되었을 때 무령왕과 그의 딸 수월 공주가 느닷없이 나타나서 놈을 구해간 것이 가장 큰 단서입니다.]

단유천은 눈살을 찌푸렸다.

[그것만으로 놈이 무령왕가에 있다고 단정하는 것은 어려운 일이다.]

그가 인상을 쓰자 왼쪽 눈을 가로지른 세로의 흉터가 살아 있는 것처럼 꿈틀거렸다.

[아닙니다.]

천자필사는 골목 안쪽으로 한 걸음 들어와서 정중한 자세를 취했다.

[남경 성내를 샅샅이 뒤져 봤습니다.]

단유천은 그걸로는 부족하다는 표정을 지었다.

[한 집 한 집 철저하게 살폈습니다.]

[남경 성내의 집이 수만 호(戶)인데 그걸 다 뒤졌다는 말은

아니겠지?]

[다 뒤졌습니다.]

단유천의 얼굴에 어이없다는 표정이 스쳤다. 그는 잠시 천자필사를 응시하다가 고개를 끄덕였다.

[그 정도였느냐, 놈에 대한 너의 원한이?]

천자필사는 대답하지 않았다. 대답을 할 수 있다면 한계가 있는 복수심이다.

그러나 태무랑에 대한 그녀의 복수심은 너무 높고 깊어서 그 끝이 보이지 않는다.

단유천은 다시 한 번 무령왕가의 전문을 쳐다보았다. 굳게 닫힌 괴물의 아가리 같다는 생각이 들었다. 그는 전문에서 시선을 거두었다.

[그때 이후 놈이 남경을 떠나지 않았다면 분명히 저곳에 있을 것이다. 그리고 놈이 옥령을 죽이지 않았다면 그녀도 저 안에 있겠지.]

수염투성이의 그는 예전의 깔끔하고 준수한 단유천의 모습하고는 전혀 딴판이라서 친한 사람이라고 해도 자세히 보지 않고는 그를 알아보기 어려울 듯했다.

그는 무령왕가를 등지고 걸음을 옮기며 말했다.

[며칠 내로 그놈의 잘라진 목을 볼 수 있을 것이다.]

원래 그는 태무랑을 제압해서 금강불괴지신 계획을 추진

할 생각이었으나 이제는 포기했다. 태무랑은 무극신련에 너무나 많이 피해를 입혔고, 결국은 옥령까지 납치해 갔다. 그러므로 죽일 수밖에 없다.

천자필사는 그의 옆에서 나란히 걸었다.

[한 가지 더 말씀드릴 것이 있습니다.]

단유천은 계속 말하라는 듯 앞만 보고 걸었다.

[남경 성내의 가가호호를 뒤지던 중에 뜻밖의 수확이 있었습니다. 철화천궁 남경지부의 위치를 알아냈습니다.]

단유천은 걸음을 멈추고 천자필사를 쳐다보았다. 그녀는 단유천보다 머리 하나쯤 키가 작기 때문에 챙이 넓은 방갓 위쪽만 보였다.

[잘했다.]

순간 단유천의 머리가 빠르게 회전했다. 그는 다시 걸음을 옮기면서 잠시 생각하다가 천자필사 어깨에 손을 얹으며 다정하게 말했다.

[천자, 이제부터 너는 내 곁에서 한 발자국 이상 떨어지지 마라. 너는 내 그림자가 돼라.]

[알겠습니다.]

*　　　*　　　*

태무랑은 은밀히 형구를 불렀다.

"형구, 내 두 명의 배료 중에서 키 큰 여자를 철저하게 지켜라. 내가 돌아올 때까지 우장각 삼층에서 한 발자국도 벗어나지 못하게 해라."

형구는 의아한 표정을 지었다.

"뭣 때문에 그러지? 그녀가 누군데?"

"누군지는 알 필요 없다. 그저 철저히 지키기만 하면 된다."

그녀가 옥령이라는 사실을 말하면 형구가 그녀에게 해코지를 할 것 같기 때문이다.

형구는 주먹으로 제 가슴을 두드렸다.

"맡겨둬. 목숨을 걸고 그녀를 지킬게."

"부탁한다."

태무랑이 측근들과 인사를 하고 무령왕가를 떠난 직후에 그 사실을 모르고 있는 은지화는 비한과 함께 아침 식사를 하는 중이다.

오늘로써 그녀가 무령왕가에 온 지 나흘째다. 그리고 첫날 이후 태무랑을 본 적이 없다.

"묻고 싶은 것이 있어요. 솔직하게 대답해 줄 수 있어요?"

은지화는 식사를 하다 말고 젓가락을 내려놓으며 똑바로

비한을 바라보았다.

비한은 고개를 끄덕이며 따라서 젓가락을 내려놓았다.

"말씀하시오."

"무랑가를 시중드는 두 명의 배료 중에 키 큰 여자가 옥령이 틀림없죠?"

"……."

비한은 은지화가 너무 정확하게 짚었기 때문에 부지중 움찔하며 말문이 막혔다.

은지화는 비한의 반응을 보고 자신의 생각이 옳다고 생각했다. 하지만 확인이 필요했다.

"저는 예전에 옥령을 본 적이 있기 때문에 그녀를 한눈에 알아봤어요. 그런데 왜 그녀가 이곳에, 그것도 무랑가의 배료 노릇을 하고 있는지 모르겠군요."

다 알고 하는 질문이라서 비한은 부인을 할 수 없게 되었다. 또한 그는 방금 전에 그녀의 질문에 솔직하게 대답하겠다고 고개를 끄덕였다.

나중에 태무랑에게 무슨 소리를 듣더라도 지금은 시인할 수밖에 없는 상황이다.

"그렇소. 그녀는 옥령이 맞소."

그로서 한 가지 위안이 되는 것은 태무랑이 옥령에 대해서 함구하라고 말한 적이 없다는 사실이다. 그러므로 그의 대답은 태무랑을 배신하는 것이 아니다.

"사실은 이렇소."

그렇게 서두를 꺼낸 비한은 자신과 태무랑이 자인원에서 옥령을 납치한 경위를 상세히 설명하기 시작했다.

＊　　　＊　　　＊

경뢰궁주의 제자인 청미가 개방 남경분타에 찾아왔다.

철화빙선 벽교상이 경뢰궁주에게 닷새의 말미를 준 나흘째 아침의 일이다.

그녀는 오랫동안 만나지 못한 가까운 친척을 만난다는 이유로 어제 오후에 철화천궁 남경지부를 나왔다.

그래서 남경포구에서 배를 타고 출발하여 하류로 삼십여 리쯤 떨어진 구안(口岸)이라는 곳까지 갔다가 배에서 내려 육로로 다시 은밀하게 남경으로 돌아왔다. 혹시 있을지 모를 미행을 따돌리려는 행동이다.

이어 성내 변두리 객잔에서 하룻밤을 묵고 다른 옷으로 갈아입는 등 변장을 한 후에 미행이 있는지 수도 없이 확인을 하면서 개방 남경분타로 온 것이다.

청미가 그토록 세심하게 조심을 하는 이유는 사부 경뢰궁주의 심부름을 하는 중이기 때문이다.

벽교상은 경뢰궁주에게 태무랑을 찾아내라고 명령했고, 찾지 못할 경우에는 그녀의 목숨을 대신 받겠다고 했다.

청미가 만나러 온 사람은 신풍개다. 그녀는 증거로 남을 만한 서찰 따위는 갖고 오지 않았다.

대신 말로써 신풍개에게 경뢰궁주의 뜻과 그녀가 지금 처해 있는 상황을 전했다.

그녀는 남경분타에 들어간 이후 나오지 않았다. 이따금 개방 거지들만 들락거릴 뿐이었다.

청미가 개방 남경분타에 들어간 지 두 시진 후.

남경 동쪽 성·밖 관도를 한 명의 자그마한 체구의 성별을 파악하기 어려운 거지가 걷고 있다.

거지는 소변이 마려운지 주위를 두리번거리다가 괴춤을 잡고는 관도 변의 숲 속으로 들어갔다.

이후 거지는 다시 관도로 나오지 않았다. 숲 속의 수북한 낙엽 속에는 거지가 입고 있던 남루한 옷이 파묻혀 있었다.

그리고 새 옷으로 말끔하게 갈아입은 거지, 아니, 청미는 숲으로 십여 리쯤 가다가 다시 관도로 나와 장강 하류에 있는 가정현(嘉定縣)을 향해 길을 서둘렀다.

그곳에 그녀의 사촌들이 모여 살고 있기에 그들을 만나러 가는 것이다.

신풍개는 청미의 설명을 다 듣고 난 다음에 일이 매우 중대하다고 생각했다.

그는 청미의 변장이 서툰 것을 보고 벽교상의 수하가 미행했을 수도 있다고 판단하여 그녀를 완벽한 개방제자로 변장시켜서 내보냈던 것이다.

결국 신풍개의 세심함이 청미와 경뢰궁주를 살렸다. 청미가 그토록 조심을 했는데도 불구하고 벽교상의 심복 봉화이선이 그녀를 미행하고 있었기 때문이다.

봉화이선이 제아무리 철두철미하다고 해도, 청미가 남경분타에 들어간 지 일각 만에 꾀죄죄한 거지로 둔갑하여 다른 거지들과 시시덕거리면서 나와 유유히 사라졌을 것이라곤 꿈에도 상상하지 못했다.

개방 남경분타주 뇌성개가 급히 뭔가 보고하려는데 신풍개가 손을 저으며 전음으로 말하라는 시늉을 했다.

[무적신룡께 연락이 왔습니다.]

조금 전에 청미에게 경뢰궁주의 일을 전해 들은 신풍개는 귀가 번쩍 틔었다.

[그래, 무슨 일인가?]

[소방주더러 포구로 나오라고 하셨습니다.]

[알았네.]

신풍개는 그 즉시 남경분타를 나와 포구로 향했다. 하지만 결코 서두르지 않고 오히려 대로에서 일어나는 모든 일에 일일이 간섭을 하면서 슬렁슬렁 걸어갔다. 만약 누군가 그를 미행하고 있다면 하릴없이 거리를 배회하는 것으로 보기 딱 알맞은 행동이었다.

개방 남경분타에서 포구까지는 걸어서 일각 반 정도면 도달할 수 있는 거리다. 그런데 신풍개는 반 시진이나 걸려서 포구에 도착했다.

그런데도 그는 포구로 곧장 가지 않고 포구에서 멀찍이 떨어진 거리에서 어슬렁거렸다. 행여 미행이 있는지 확인하려는 것이다.

이후 태무랑의 전음을 들었다. 그가 어디에 있는지는 모르지만 자신을 만나기 전에 한 가지 할 것이 있다는 내용의 전음이었다.

잠시 후에 신풍개는 손님들로 복잡한 한 의복전(衣服廛)을 기웃거리다가 슬그머니 안으로 들어갔다. 그리고는 다시는 나오지 않았다.

포구에 면한 거리의 어느 골목 어귀에서 한 여자가 의복전 입구를 뚫어지게 주시하고 있다.

그녀는 봉화이선이었다.

포구가 한눈에 굽어 보이는 거리의 어느 주루 이층에 두 사람이 마주 앉아서 늦은 아침 식사를 하고 있다.

한 사람은 우경도고 다른 사람은 이십 세 초반의 둥글넓적한 얼굴에 통통한 체구의 청년이다.

두 사람은 묵묵히 젓가락을 움직이며 식사에만 열중했다. 하지만 실상 전음으로 대화를 하는 중이다.

우경도는 태무랑의 변신이다. 매번 검호의 얼굴로 변신했는데 이제는 다른 얼굴이 필요할 것 같아서 우경도의 얼굴을 빌린 것이다.

그리고 둥글넓적한 얼굴의 청년은 신풍개가 새롭게 변신한 모습이다.

태무랑은 신풍개와 단둘이서 무창으로 갈 계획을 했다. 하지만 거지꼴인 신풍개는 너무 눈에 잘 띄기 때문에 변신이 필요했다.

그래서 그가 오기 전에 미리 의복전에 들어서 돈을 주고 그를 변신시킬 준비를 해두었다.

준비라고 해봐야 별것 아니다. 따뜻한 목욕물을 데워두게 해서 신풍개를 깨끗이 씻긴 후에 깨끗한 옷으로 갈아입히는 정도였다.

하지만 단지 그것만으로도 신풍개는 완전히 새사람으로

재탄생했다.

겉보기에 그는 유복한 집안의 아들로 고생 같은 것을 전혀 모른 채 살아온 사람 같았다.

[경뢰궁주가?]

신풍개의 설명을 다 듣고 난 태무랑은 고민에 빠졌다.

오늘 무창으로 떠나려고 계획했는데 경뢰궁주 때문에 발목이 잡혀 버린 것이다.

그렇다고 그녀가 죽도록 내버려 둘 수는 없다. 철화빙선이 경뢰궁주를 죽이겠다고 말했다면 죽일 것이다.

태무랑이 알고 있는 한 철화빙선은 그러고도 남을 만큼 잔인무도한 여자다.

출발을 잠시 늦추는 것이야 어렵지 않은 일이다. 그러나 문제는 어떻게 경뢰궁주를 구해주느냐는 것이다.

[어떻게 할 텐가?]

[구해줘야지.]

[방법이 있나?]

신풍개의 물음에 태무랑은 대답을 하지 않았다. 아니, 지금으로선 좋은 방법이 없으니 대답할 수가 없었다.

그러면서 태무랑은 한 가지 사실을 깨달았다. 가지가 많은 나무는 바람 잘 날이 없다는 것이다.

그가 혼자였던 시절에는 오직 복수만 생각하면 됐었다. 하지만 하나둘 사람들과 가까워지면서부터 그들을 일일이 다 챙겨야 한다는 사실을 알게 되었다.

하지만 그것이 번거로워서 사람들을 멀리하고 싶지는 않다. 그 사람의 필요 가치 때문이 아니라 정(情) 때문이다. 태무랑은 경뢰궁주하고도 분명히 그런 정을 나누었다.

한참 만에야 태무랑은 입을 열었다.

[그녀를 직접 만나야겠다.]

신풍개는 놀라서 눈을 동그랗게 떴다.

[누구를? 경뢰궁주를?]

태무랑은 고개를 가로저었다.

[아니, 철화빙선.]

[뭐어?]

신풍개는 입을 쩍 벌리고 놀랐다. 하지만 지금으로선 그러는 것밖에는 달리 방법이 없을 듯했다.

*　　　*　　　*

"오늘 밤에 무령왕가에 잠입한다."

주루의 창가 자리에 앉은 단유천이 맞은편에 앉은 천자필사에게 조용한 어조로 말했다.

"우선 나하고 너 둘만 잠입하여 적안혈귀와 옥령이 그곳에 있는지만 확인한다.”

그는 방금 마신 빈 술잔에 술을 따르며 말을 이었다.

“확인되면 다음날 밤에 급습할 것이다.”

천자필사는 아무 말도 하지 않고 묵묵히 식사만 했다. 그녀
는 술을 한 방울도 마시지 않는다.

술이 정신과 몸에 지장을 준다고 생각하기 때문이다. 자신
은 자신 스스로 지킨다. 누구도 믿지 않고 누구의 도움도 받
지 않는다는 것이 그녀의 평소 신념이다.

천자필사는 단유천의 수하지만, 그가 남경에 도착한 이후
일체 그의 시중을 들지 않았다.

수하라면 당연히 해야 할 일인데도 그녀는 손가락 하나 까
딱하지 않았다.

단유천을 싫어해서가 아니라 누군가의 시중을 든다는 자
체를 싫어하고 해본 적이 없기 때문이다.

지금도 단유천이 술을 마시고 나면 빈 잔을 채워줄 생각 따
윈 하지 않는다.

그가 스스로 술을 따라서 마시는 것을 뻔히 보면서도 자신
이 따라줄 생각은 전혀 하지 않는다. 그녀는 원래 철저하게
자기중심적인 성격이다.

“천자.”

단유천의 부름에 천자필사는 그를 쳐다보았다.

“제남에 있는 지웅에게 전해라. 철화천궁 제남지부와 계속 대치하는 것처럼 보이면서 전 세력의 칠 할을 이곳으로 집결시키도록 하라.”

“알겠습니다.”

단유천은 눈을 가늘게 떴다.

“무령왕가의 일이 끝나면 다음은 철화천궁 남경지부를 공격할 것이다. 허리를 끊어버리면 제남지부는 오도 가도 못하는 신세가 돼버리겠지.”

현재 제남에 있는 무극신련 십단은 부총단주로 임명된 지웅단혼이 이끌고 있다. 그는 천자필사와 더불어서 천지자웅이라고 불리는 인물이다.

둘은 언제나 함께 행동했었는데 오랫동안 떨어져 있다가 이제야 비로소 다시 만나게 되었다.

그렇다고 천지자웅 두 사람이 부부라거나 연인은 아니다. 둘은 그저 남남인 관계다.

오래전에 무극신련 총련주 환우천제 화명군에 의해서 그의 호위가 된 이후부터 동료가 됐을 뿐이다.

화명군의 호위는 모두 네 명이며 그들을 무극사위(無極四衛)라고 부른다. 그들 네 명은 서로 동료일 뿐 아무런 관계도 아니다.

“현재 남경에 있는 무극백절은 몇 명이냐?”

단유천의 물음에 천자필사는 잠시 생각하다가 대답했다.

"공자와 속하를 포함해서 모두 팔십오 명입니다."

단유천도, 그리고 옥령도 무극백절의 일원이다. 단유천은 이십이 위, 옥령은 육십삼 위다.

태무랑에게 죽은 열두 명과 비한에게 죽은 두 명, 그리고 옥령을 제외한 무극백절 팔십오 명이 남경에 모두 집결해 있는 것이다.

단유천은 가볍게 고개를 끄덕였다.

"그들에게 대기하라고 전해라."

그는 오늘 밤에 무령왕가에 잠입해 보고 나서 태무랑과 옥령이 그곳에 있다고 확인되면 내일 밤에 무극백절 전원을 이끌고 급습할 계획이다.

단유천의 말을 듣고 식사를 중지한 천자필사의 가슴이 가볍게 뛰기 시작했다. 태무랑을 다시 만나서 죽일 생각을 하니까 적잖이 흥분이 된 것이다.

                    *   *   *

임시(壬時:오전 11시) 무렵의 철화천궁 남경지부.

뒷문을 통해서 남경지부에 필요한 물품들이 반입되고 있는 중이다.

남경지부에 상주하는 고수들만 해도 천여 명이고 숙수나 하인, 하녀까지 포함하면 천삼백여 명에 이르기 때문에 거기에 소요되는 생필품이나 식품 따위를 실은 수레들이 하루에도 몇 차례나 들락거린다.

지금 뒷문을 통해서 들어온 수레는 모두 다섯 대고 인부는 열다섯 명이나 된다.

그리고 창고에 물건을 운반하던 인부 한 명이 증발했다는 사실을 아무도 알지 못했다.

경뢰궁주는 초조함이 극에 달해서 의자에 앉아 있을 수가 없어 방 안을 서성거리고 있었다.

신풍개에게 연락을 하는 것만은 극도로 자제하고 있었으나 벽교상이 제시한 약속 날짜가 하루밖에 남지 않은 상황에서는 어쩔 도리가 없었다.

태무랑 때문에 자신이 죽을 수는 없기 때문에 어젯밤에 제자 청미를 친척집에 보낸다는 이유로 내보냈다.

하지만 청미에게는 신풍개를 만나고 나서 진짜로 친척집에 가라고 했기 때문에 그녀가 신풍개를 만났는지의 여부를 알 수가 없다.

그러니 자신의 처지가 태무랑에게 제대로 전해졌는지 어땠는지는 더욱 알 수 없는 일이다.

경뢰궁주는 태무랑이 어디에 있는지 모르고 있다. 다만 신풍개가 그의 행적을 알고 있을 것이라고 믿을 뿐이다.

그리고 어쩌면 태무랑이 무령왕가에 있을지도 모른다고 막연하게나마 짐작 정도는 하고 있다.

수월화가 무령왕의 딸이고, 그때 자인원에서 위험에 빠진 태무랑을 구한 것이 무령왕과 수월화이기 때문이다.

그때 경뢰궁주가 무령왕가에 직접 잠입하여 자고 있는 수월화에게 태무랑의 위험을 알리지 않았더라면 그는 어떻게 됐을지 아무도 상상하지 못한다.

모르긴 해도 죽거나 그와 비슷한 처지에 처했을 것이다. 그러므로 태무랑에게 경뢰궁주는 은인이다.

아니, 그녀는 이미 여러 차례 태무랑을 물심양면으로 도왔으나 대가를 바라고 한 일은 아니다.

하지만 이렇게 자신이 위기에 처했을 때에는 그가 도움의 손길을 뻗어주기를 바라고 있다.

벽교상이 제시한 기한이 이제 하루도 남지 않았다. 내일 동이 트는 시점이 기한의 끝이다.

그리고 기적이 일어나지 않는 한 경뢰궁주의 목숨이 끝나는 순간이기도 할 것이다.

스르.

반쯤 연 창을 통해서 밖을 보고 있던 경뢰궁주는 방문이 열리는 소리를 들었으나 뒤돌아보지 않았다.

하녀가 식사를 차려놓았다고 전하러 왔을 것이다. 지난 나흘 동안 경뢰궁주는 곡기를 전혀 입에 대지 않아서 측근들을 걱정시키고 있다.

하지만 그녀는 측근들에게 자신의 처지에 대해서 일언반구도 하지 않았다.

만약 신풍개에게 심부름을 보내지 않았다면 청미에게도 끝내 입을 닫고 있었을 것이다.

경뢰궁주는 창가에 붙어 서서 밖을 내다보고 있지만 머릿속에 걱정이 가득한 탓에 바깥 경물들이 눈에 들어올 리가 만무했다.

그리고 조금 전에 하녀가 들어왔을 것이라는 사실도 까맣게 잊고 있었다.

머릿속에는 오로지 내일 자신의 생명이 끝나는 것에 대한 걱정으로 가득 차 있었다.

슥—

그런데 그녀의 뒤에서 어깨 옆으로 하나의 손이 튀어 나오더니 창을 닫아버렸다.

아미를 가볍게 찌푸린 그녀는 뒤돌아보다가 자신의 눈을 의심할 정도로 혼비백산하고 말았다.

척!

그러나 그녀는 아무런 소리도 낼 수가 없었다. 그 순간 그녀 앞에 서 있는 사람이 번개같이 손을 뻗어 그녀의 입을 막아버렸기 때문이다. 그녀는 단지 그저 커진 눈을 더욱 크게 부릅뜰 뿐이다.

그녀 앞에 철탑처럼 우뚝 서서 입을 막고 있는 사람은 조금 전에 식품 자루를 창고로 운반하던 중에 소리없이 사라진 인부다.

그 인부가 경뢰궁주의 눈을 똑바로 응시하면서 고개를 좌우로 가벼이 가로저었다. 아무 말도 하지 말라는 뜻이다. 그리고는 입을 막은 손을 뗐다.

와락!

순간 경뢰궁주는 인부의 품에 뛰어들어 두 팔로 그의 허리를 꼭 끌어안고 눈물을 쏟아냈다.

하지만 입술을 힘껏 깨물고 울음소리가 나지 않도록 안간힘을 다했다.

벽교상 정도의 초절고수라면 반경 수백 장 이내에서 속삭이는 소리까지도 감지하는 능력을 지니고 있다. 그러므로 그녀가 울음소리를 알아차리지 못할 리가 없다.

허름한 옷차림에 영락없는 인부의 모습을 하고 있는 태무랑은 경뢰궁주의 등을 부드럽게 쓰다듬었다.

그 광경은 믿음직스러운 오빠가 겁먹은 누이동생을 다독

이는 것에 다름 아니다.

경뢰궁주는 비 오듯이 눈물을 흘리면서 태무랑의 앞섶을 흠뻑 적셨다.

그녀의 일생 중에서 요즘처럼 겁을 먹은 적이 없었고, 또 지금처럼 누군가가 반가운 적이 없었다.

청미가 신풍개를 만났으면 오늘 아침쯤일 텐데, 태무랑은 정오가 되기 전에 홀로 철화천궁 남경지부로 들어와 경뢰궁주 앞에 나타난 것이다. 그것은 태무랑이 신풍개의 말을 듣자마자 이곳으로 달려왔다는 뜻이니, 경뢰궁주가 감격하지 않을 수가 없다.

그녀는 태무랑의 배포와 대범함에 놀라기보다는 그가 와주었다는 사실이 너무도 든든하고 마음이 놓였다.

태무랑은 서둘지 않고 그저 경뢰궁주가 마음껏 울도록 내버려 두었다.

그리고 그녀의 울음으로 그녀가 얼마나 겁에 질려 있었는지를 짐작할 수 있었다.

[됐어. 이제 그만 울어.]

경뢰궁주의 흐느낌이 잦아지고 있을 때 태무랑은 그녀의 턱을 들어 올리고는 아직도 울고 있는 그녀의 눈물을 부드럽게 닦아주며 전음을 보냈다.

[누나는 웃을 때가 더 예뻐.]

그 말을 듣고 크게 위로가 된 경뢰궁주는 태무랑을 올려다보면서 배시시 미소 지었다.

예전에 함께 술을 마시던 중에 태무랑이 만취해서 수월화와 청미를 여동생으로, 경뢰궁주를 누님으로 삼겠다고 말했던 일을 이제야 실행에 옮긴 것이다.

올해가 지나면 삼십 세가 되는 경뢰궁주지만 겉보기에는 이십대 중반으로밖에 보이지 않는다. 아름다운 용모의 그녀가 두 눈에 눈물이 가득 맺힌 채 미소를 짓자 이슬을 머금은 모란이 만개한 듯하다.

태무랑은 그녀의 뺨을 부드럽게 쓰다듬었다.

[여기에서 나가자. 누나는 앞으로 나하고 살아.]

경뢰궁주의 얼굴에 기쁨이 일렁거렸다. 태무랑이 자신을 이렇게까지 생각해 준다는 사실에 가슴이 벅찼다. 하지만 그녀는 살래살래 고개를 가로저었다.

[그럴 수 없어요. 제가 떠나면 청미와 수하들이 많이 곤란을 겪게 될 거예요. 그들을 버릴 수는 없어요.]

듣고 보니 그도 그랬다. 수하 천여 명 모두는 아니더라도 경뢰궁주에겐 제자 청미와 측근들이 있다. 그들은 경뢰궁주를 하늘처럼 믿고 따를 텐데 그녀가 홀연히 사라져 버리는 것은 무책임한 짓이다.

[마음만은 너무도 고마워요.]

경뢰궁주는 여태까지의 걱정이 씻은 듯이 사라져서 방그레 미소 지었다.

단지 태무랑이 와주었다는 사실만으로 모든 것이 해결된 듯한 기분이 들었다.

그가 아무것도 해주지 않아도 내일 아침에 기꺼이 벽교상 손에 죽을 수 있을 것 같았다.

잠시 생각하던 태무랑이 품에서 경뢰궁주를 살짝 떼어냈다.

[누나 옷이 필요해. 벗어서 내게 줘.]

경뢰궁주는 깜짝 놀랐다. 하지만 왜 옷이 필요하냐고 묻지는 않았다.

그만큼 태무랑을 신뢰하기 때문이다. 다만 그의 면전에서 옷을 벗는 것이 부끄러웠다.

그녀가 돌아서서 조심스럽게 옷을 벗고 있는 동안 태무랑은 이제껏 한 번도 해보지 않았던 새로운 시도를 실행하고 있었다.

즉, 오행지기를 이용하여 경뢰궁주로 변신을 하려는 것이다. 지금까지 남자로는 변신을 해봤으나 여자로 변신하는 것은 처음이다.

여자는 남자하고 신체 구조가 다르고 체구도 많이 작기 때문에 문제는 경뢰궁주보다 두 배 가까이 큰 체구인 태무랑이 어떻게 몸집을 작게 만드느냐는 것이다.

우드득, 뚜둑.

경뢰궁주는 등 뒤에서 이상한 소리가 들렸지만 신경 쓰지 않았다. 태무랑이라면 무엇을 하든 무조건 믿을 수 있기 때문이다.

치마를 벗고 있는 경뢰궁주의 잘 발달된 희고 탱탱한 둔부가 허리를 굽히는 바람에 팽창되었다.

치마 안에는 속곳 하나만 입고 있고 또 속곳이 계곡 부위만 가리고 있기 때문에 얼핏 보면 하체에 아무것도 입지 않은 것 같았다.

더구나 그녀가 허리를 잔뜩 굽히고 있어서 팽팽해진 둔부의 계곡 안쪽으로 속곳에 가려진 은밀한 부위가 엿보였다.

젖 가리개와 속곳만 입은 경뢰궁주가 늘씬하고 풍만한 뽀얀 살결을 드러낸 채 얼굴을 발갛게 붉히면서 천천히 태무랑을 향해 돌아섰다.

옷을 입고 있을 때는 몰랐으나 거의 나신이나 다름없는 상태가 된 그녀의 몸은 너무도 늘씬하고 풍만했다.

그런데 뒤돌아선 그녀는 순간 대경실색하여 자신도 모르게 비명을 지를 뻔했다.

만약 제때에 희고 뽀얀 섬섬옥수가 그녀의 입을 막지 않았다면 비명을 질렀을 것이다.

그녀의 눈앞에는 또 한 명의 경뢰궁주가 서서 한 손을 뻗어 그녀의 입을 막고 있었다.

[나야, 누나.]

그리고 경뢰궁주의 귀로 태무랑의 목소리가 전해졌다.

'세상에……!'

그녀는 원래 태무랑이 다른 사람의 모습으로 변신한다는 사실을 알고는 있었다.

하지만 여자, 그것도 경뢰궁주 자신의 모습으로 변신할 줄은 꿈에도 몰랐다.

동경을 통해서 보는 것보다 더 생생하게 또 한 명의 자신을 마주 보고 있는 경뢰궁주는 지금이 어떤 상황이라는 것도 잊은 채 망연자실했다.

[어… 떻게 한 거죠?]

[지금 그게 중요한가?]

경뢰궁주의 물음은 여지없이 일축됐다.

태무랑이 손을 내밀자 경뢰궁주는 퍼뜩 정신을 차리고 자신이 벗은 옷을 그에게 건네주었다.

그런데 원래의 헐렁한 인부 복장을 벗은 태무랑의 속곳을 입은 모습이 이상했다.

사타구니가 불룩한 것이다. 경뢰궁주로 변신했으나 음경만은 그대로 있었다.

은밀한 부위이기 때문에 구태여 여자의 옥문으로 변화시키지 않은 것이다.

경뢰궁주는 그럴 상황이 아닌데도 그의 사타구니를 가리키며 궁금한 듯 물었다.

[여긴 변하지 않은 거예요?]

[보여줄까?]

[네.]

호기심 때문에 자신도 모르게 불쑥 대답해 놓고 경뢰궁주는 제 스스로 화들짝 놀라서 두 손을 마구 저었다.

[어맛? 아, 아니에요! 아유, 내가 도대체 무슨 소리를 한 거야?]

태무랑은 경뢰궁주의 옷으로 갈아입었고, 경뢰궁주는 다른 옷으로 갈아입은 모습을 하고 서로를 마주 보았다.

[그 모습으로 궁주에게 갈 건가요?]

경뢰궁주는 자신이 태무랑보다 아홉 살이나 많으면서도 그가 오빠 같다는 생각이 들었다. 그만큼 듬직하기 때문이다.

[그래.]

[그녀를 만나서 어떻게 할 건가요?]

태무랑은 생각할 것도 없다는 듯 짤막하게 대꾸했다.

[죽여야지.]

경뢰궁주는 표정이 급변했다.

[그녀를 죽이면 안 돼요.]

[어째서?]

[그녀가 죽으면 철화천궁의 대(代)가 끊어져요.]

태무랑은 미간을 좁혔다.

[그거야 내 알 바 아니지.]

그는 방문 쪽으로 향하며 대수롭지 않게 중얼거렸다.

[그 계집은 백해무익한 존재야. 살아 있음으로써 많은 사람을 괴롭혀. 그러므로 죽어야 마땅하다. 내일 아침이 되면 누나가 죽게 된다는 사실을 벌써 잊은 거야?]

경뢰궁주는 태무랑을 따라가면서 그의 옷자락을 붙잡았다.

[그래선 안 돼요. 궁주를 죽이면 천하가 걷잡을 수 없는 도탄에 빠져요.]

[도탄?]

태무랑은 어이없다는 표정을 지었다.

경뢰궁주는 지금은 자신이 누나가 된 듯했다. 그래서 철모르는 남동생을 차근차근 타일러야 한다고 생각했다.

[궁주가 죽으면 대가 끊어지므로 철화천궁과 철화궁은 봉문(封門)을 하게 될 거예요. 그렇게 되면 철화궁이 벌여놓은 천하의 모든 사업이 일제히 중지되고 가게들도 영업을 하지 않을 거예요.]

거기까지는 생각하지 못했던 태무랑이다. 하지만 그 정도로는 벽교상을 죽이지 말아야 할 이유가 되지 못한다.

[철화궁이 천하에서 벌이고 있는 사업은 수천 개가 넘고 점포의 수는 수백만을 헤아려요. 그것들이 한꺼번에 멈추고 영업을 중지하면 아마 십중팔구 천하는 아비규환에 빠지고 말 거예요.]

태무랑의 얼굴에 적이 놀라는 표정이 떠올랐다. 철화궁의 상권이 설마 그 정도일 줄은 상상조차 하지 못했다.

[궁주는 무남독녀예요. 그녀가 죽으면 아무도 대신할 사람이 없어요.]

[아버지는?]

[이상하게도 철화궁의 남자들은 대대로 삼십 세를 넘기지 못하고 단명(短命)했어요.]

태무랑이 경뢰궁주의 모습으로 변신을 하여 철화빙선 벽교상에게 가까이 접근하는 것은 목숨을 걸고 하는 행동이다.

더구나 그녀는 태무랑을 철천지원수로 여기고 있을 테니 보는 즉시 죽이려 들 것이다.

그러므로 태무랑이 터럭만 한 실수라도 해서 발각되는 날에는 죽을 확률이 높다.

그처럼 위험을 무릅쓰고 행하는 일인데 벽교상을 죽이지 못한다면 애초에 이럴 필요가 없는 것이다. 하지만 이대로 놔두면 그녀가 경뢰궁주를 죽일 것이다.

[그럼 대체 어쩌라는 거야?]

경뢰궁주는 골똘히 생각에 잠겼다. 까만 눈동자를 이리저리 굴리는 모습이 어린 소녀처럼 순진무구해 보였다.

[궁주는 태 공자를 원수처럼 여기고 있어요. 그 마음을 풀어주면 될 거예요.]

[어떻게 풀어준다는 거지?]

[그건…….]

경뢰궁주는 또 생각에 잠겼다. 하지만 이번에는 그리 길지 않았다.

[제 말에 따르겠어요?]

[무슨 말인지 들어보자.]

경뢰궁주는 고개를 가로저었다.

[따른다고 약속하세요. 설마 제가 태 공자에게 해를 끼치겠어요?]

태무랑은 간절한 표정으로 두 손을 모으고 자신을 바라보는 경뢰궁주를 응시하다가 마지못해서 고개를 끄덕였다.

[알았어. 누나 말에 따를 테니까 무슨 방법이 있는지 말해봐.]

경뢰궁주는 배시시 미소 짓더니 태무랑의 손을 꼭 잡았다.

[무슨 수를 써서라도 궁주를 범하세요.]

[범하라니? 무슨 뜻이지?]

[그녀와 부부지연을 맺으라는 뜻이에요. 즉, 그녀와 정사를 하세요.]

[뭐야?]

태무랑은 놀라고 어이가 없어서 급히 경뢰궁주에게서 손을 뺐다.

[말도 안 되는 소리!]

[그냥 한 번만 범하면 모든 게 끝이에요. 궁주 일가는 자신이 순결을 바친 남자에겐 절대 복종해야 하는 율법이 있어서 반드시 지켜야만 해요.]

[당치도 않은 소리야.]

태무랑은 더 들어볼 것도 없다는 듯 고개를 세차게 흔들고는 방을 나가 버렸다.

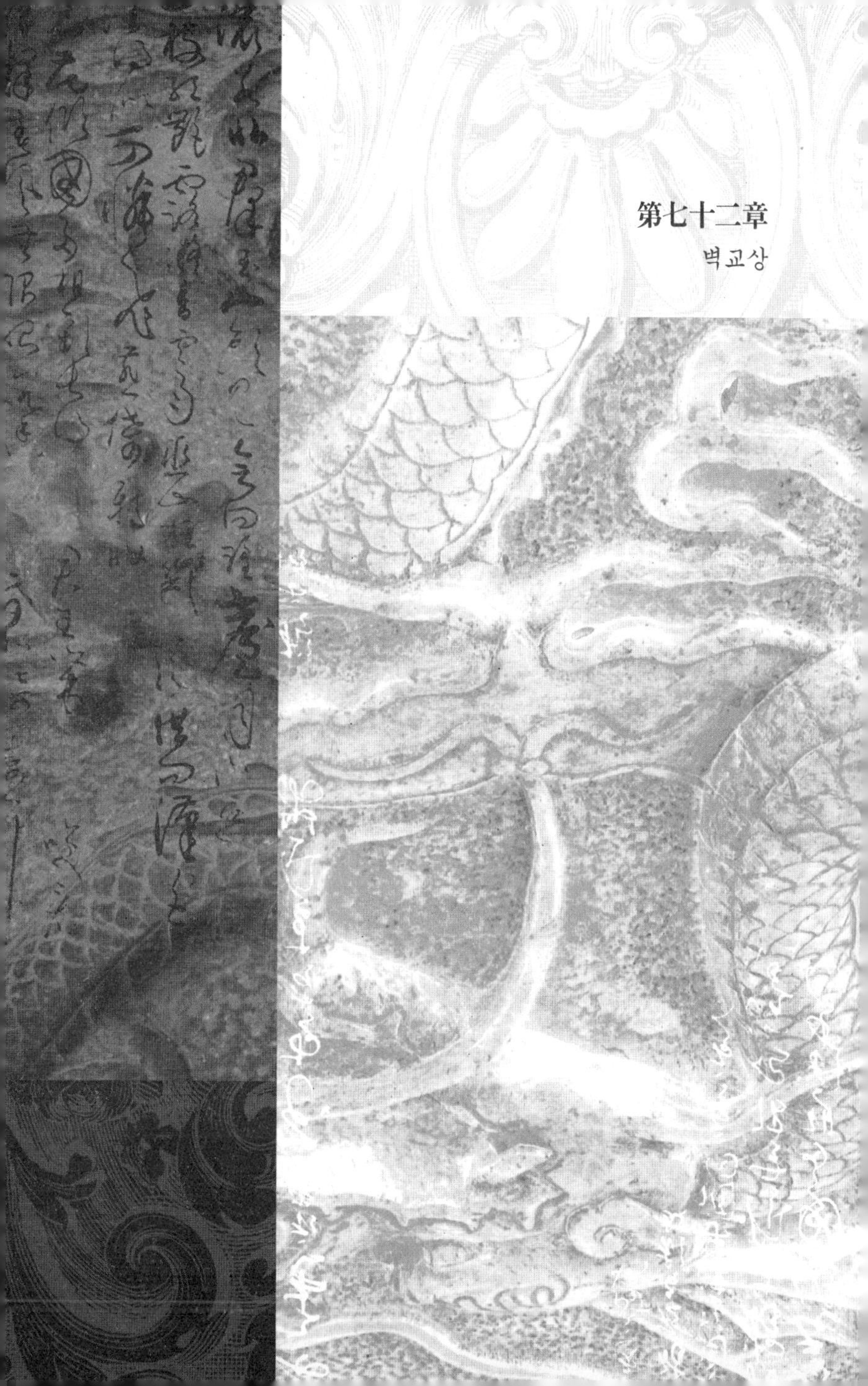

第七十二章

벽고상

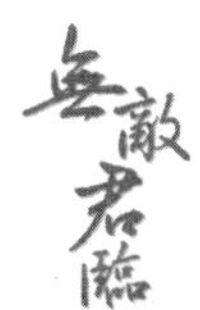

　벽교상은 알몸으로 목욕통 속에 들어가 머리 꼭대기까지 물속에 담그고 있었다.

　목욕통의 물은 보통 물이 아니라 화상과 상처에 효험이 있다는 여러 약재를 우려낸 약물이다.

　태무랑의 운라귀전 때문에 한순간에 흉측한 몰골로 변한 벽교상은 그날 이후 하루도 거르지 않고 여러 가지 방법으로 치료를 하고 있는 중이다.

　온몸에 새겨진 상처를 말끔히, 아니, 조금만이라도 치료할 수 있다면 그녀는 어떤 대가라도 치를 각오가 돼 있다. 흉측한 상처는 그 정도로 그녀를 압박하고 있었다. 그것 때문에 그녀는 살아갈 의욕마저도 잃어버린 상태다.

천하에서 미모로는 자신을 능가할 여자가 한 명도 없다고 자부하는 그녀였으므로 얼굴은 물론 몸까지 하루아침에 추악하게 변한 사실을 도저히 현실로 받아들이지 못하고 있는 것이다.

한 시진 동안이나 지독한 냄새를 풍기는 약물 속에 들어가 있던 그녀는 목욕, 아니, 치료를 끝낸 후 목욕실 벽에 걸려 있는 커다란 동경 앞에 서서 자신의 몸을 이리저리 비추어보았다.

와장창!

잠시 후에 동경이 박살 나는 소리가 났고, 이후 벽교상은 찬바람을 일으키며 목욕실을 나왔다.

고통스러운 치료에 비해서 상처는 조금도 효과를 보지 못한 벽교상은 화가 머리끝까지 나서 봉화일선을 내보내고 혼자 침상에 누워 있었다.

잠자리 날개처럼 얇은 망사 하나만을 걸친 모습인 그녀는 한참이나 침상에 누워 이리저리 뒤척였으나 분이 조금도 풀리지 않았다.

아니, 오히려 시간이 지날수록, 그리고 생각하면 할수록 화가 점점 더 치솟았다.

그녀는 자신에게 닥친 모든 불행의 근원이 태무랑 때문이라고 단정했다. 그를 죽일 수만 있다면 어떤 희생을 치러도 좋다고 생각했다.

그리고 만약 내일까지 경뢰궁주가 태무랑을 찾지 못한다면 정말로 그녀를 죽일 생각이다.

태무랑을 잡아서 죽이지 못하는 화풀이를 경뢰궁주에게 하려는 것이다.

그녀가 태무랑하고 친하다는 사실도 벽교상의 화를 부추기는 데 한몫을 하는 것이 사실이다.

경뢰궁주가 억울하다는 것은 알고 있다. 하지만 어쩔 수 없는 일이다. 그녀보다는 자신의 분노를 푸는 것이 더 중요하기 때문이다.

빠드득.

얼마나 이를 힘주어 악물었는지 이빨이 부러질 것 같은 소리가 입에서 흘러나왔다.

그때 누군가 가만히 문을 여는 소리가 들렸다.

"혼자 있고 싶다고 말했을 텐데?"

벽교상은 들어온 사람이 봉화일선이라고 생각했다. 이선은 청미를 미행하러 나갔기에 이곳에 없다.

그런데 방에 들어온 사람은 나가기는커녕 조심스러운 발

걸음 소리를 내면서 오히려 벽교상이 누워 있는 침상으로 다가오는 것이 아닌가.

벽교상이 돌아누워서 쳐다보니 경뢰궁주가 침상 가에 다가와 우두커니 서 있다.

"무슨 일이냐?"

벽교상의 호통에 경뢰궁주는 당황하는 표정을 짓더니 뭔가 할 말이 있는 것처럼 머뭇거렸다.

"중요한 얘기가 아니면 나가라. 어차피 너는 내일 나하고 한 가지 일을 매듭져야 하니까."

벽교상은 그렇게 말하면서 귀찮다는 듯 경뢰궁주에게 등을 보이고 돌아누웠다.

내일 아침까지 태무랑을 찾아내지 못하면 죽이겠다는 생각이 변함없다는 뜻이다.

벽교상은 자신의 모습이 흉측하게 변한 이후 사람을 만나는 것을 무척 꺼렸다.

그녀는 경뢰궁주가 아마 태무랑을 찾을 수 없게 되니까 목숨을 구걸하러 왔을 것이라고 추측했다.

하지만 추호도 자비를 베풀어줄 생각이 없다. 태무랑을 죽이지 못하면 꿩 대신 닭이라고, 경뢰궁주를 죽여서 손톱만큼이라도 분풀이를 할 생각이다.

그런데 나가라고 명령했는데도 경뢰궁주가 나갈 생각을

하지 않았다. 그러면서도 목숨을 구걸하지도 않았다. 그런 우유부단함이 벽교상의 성질을 건드렸다.

그녀는 발끈해서 홱 돌아누우며 소리를 지르려고 했다.

파파파팍!

그런데 그 순간 뒤통수와 양쪽 어깨, 등 한복판, 양쪽 옆구리가 거의 동시에 뜨끔했다. 번개같이 빠르고 절묘한 점혈 수법이다.

"……!"

찰나 벽교상은 자신이 제압됐다는 사실을 깨달았다. 하지만 걱정하지 않았다.

평범한 점혈 수법으로는 절대 그녀를 제압할 수 없다. 그녀의 능력으로 즉시 해혈할 수 있기 때문이다.

'네년이 죽으려고……'

그러나 경뢰궁주에게 욕설을 퍼부으려는데 목소리가 나오지 않았다. 아혈까지 제압된 것이다.

더구나 점혈 수법을 해혈하려는데 요지부동이다. 아예 진기가 추호도 일으켜지지 않았다.

그제야 벽교상은 자신이 평범한 점혈 수법에 제압된 것이 아니라는 사실을 깨달았다.

'이… 이게 도대체……'

머릿속이 아득해지면서 일이 어떻게 돌아가는 것인지 갈

피를 잡지 못했다.

경뢰궁주가 자신을 제압할 리가 없고, 또한 그녀에겐 이런 놀라운 점혈 수법을 발휘할 능력이 없다는 것을 알기 때문에 더욱 어이가 없었다.

슥—

그때 경뢰궁주가 벽교상의 어깨를 가볍게 잡더니 침상에 똑바로 눕혔다.

그제야 그녀는 경뢰궁주의 모습을 제대로 보게 되어 분노가 천장까지 치솟았다.

하지만 움직이기는커녕 말도 할 수 없는 상태이기 때문에 눈을 부라리면서 경뢰궁주를 죽일 듯이 쏘아볼 뿐이다.

스스으.

그런데 그녀의 눈앞에서 해괴한 광경이 벌어졌다. 경뢰궁주의 얼굴이 떡 반죽을 하듯이 이지러지기 시작한 것이다.

우둑, 뚜둑.

그것뿐만 아니라 그녀의 온몸에서 뼈끼리 부딪치는 기묘한 음향이 흘러나오면서 몸이 점점 커지며 형태가 크게 변하기 시작했다.

그러는가 싶더니 어느 순간 그 자리에 경뢰궁주는 간데없고 대신 늠름한 태무랑이 우뚝 서 있는 것이 아닌가.

그런데 이상한 모습이다. 태무랑의 커다란 체구가 경뢰궁

주의 옷을, 그것도 치마까지 입고 있으니까 당장에라도 옷이
찢어질 것만 같았다.

'너… 너……'

대경실색한 벽교상은 찢어질 듯이 눈을 부릅떴다. 입을 크
게 벌렸으나 신음 소리조차 흘러나오지 않았다. 지금 자신이
느끼고 있는 것이 분노인지 놀라움인지 두려움인지도 알 수
없을 정도다.

그제야 그녀는 태무랑이 얼굴을 마음대로 바꿀 수 있는 능
력을 갖고 있다는 사실을 기억해 냈다.

자인원에서 태무랑은 단유천의 모습으로 변신하여 옥령
등을 마음껏 농락했었고, 지켜보고 있던 벽교상마저도 감쪽
같이 속였다.

하지만 몸까지 마음대로 바꿀 수 있을 것이라고는 상상조
차 하지 못했다.

슥―

태무랑은 침상 그녀의 머리맡에 태연히 걸터앉았다. 이어
서 중지를 세워 그녀의 천령개, 즉 백회혈에 가만히 갖다 댔
다.

'이, 이놈! 뭐하는 짓이야?'

벽교상은 새파랗게 질려서 악을 썼으나 여전히 모깃소리
만 한 목소리도 나오지 않았다.

인체에는 많은 사혈(死穴)이 있으나 정수리의 백회혈과 사타구니의 회음혈 두 군데가 가장 중요하다. 그곳에 일 푼의 힘만 가하면 신음 소리도 내지 못한 채 그대로 즉사하고 말기 때문이다.

그런데 지금 태무랑이 벽교상의 백회혈에 손가락을 갖다 댄 것이다. 즉, 죽이겠다는 암시다.

그런데도 아무것도 할 수 없는 벽교상의 얼굴은 하얗게 질렸고, 한순간에 생과 사가 오락가락했다.

자신이 이렇게 허무하게, 그것도 철천지원수 태무랑의 손에 죽는다는 생각을 하니 너무나 억울해서 백회혈을 누르지 않아도 분에 겨워서 죽을 것만 같았다.

그때 갑자기 태무랑의 조용한 목소리가 벽교상의 고막을 두드렸다.

[어제부터 죽음을 경험해 봐라.]

“…….”

하얗게 질린 벽교상의 얼굴이 아예 새파랗게 변했고, 온몸이 와들와들 마구 떨렸다.

그때 백회혈을 짚고 있는 태무랑의 손가락에 지그시 힘이 가해졌다.

‘아, 안 돼. 제발… 죽이지 마…….’

자신이 죽게 될 것이라고는 눈곱만큼도 상상해 본 적이 없는 벽교상은 폭포처럼 눈물을 흘리면서 아무에게도 들리지 않는 애원을 목청이 찢어져라 외쳤다.

그 순간 정수리에서부터 찌르르한 느낌이 시작되어 순식간에 온몸으로 퍼지는 것 같더니 사지에 맥이 풀리며 정신이 아득해졌다.

'이, 이렇게 죽는 거야? 나 벽교상이……'

너무도 짧은 찰나 간에 살아생전의 수많은 일이 믿을 수 없을 정도로 빠르게 뇌리를, 아니, 눈앞을 스치면서 지나갔다.

이렇게 허무하게 죽어버리면 아무것도 아닌 것을 왜 그렇게 아등바등 살았는지 후회가 파도처럼 엄습했다.

생의 마지막 순간에는 분노도 증오도 미움도 없다. 단지 산더미 같은 후회만 밀려들 뿐이다.

이렇게 죽는구나 하고 생각하니 만약, 정말 만약 다시 한 번 살 기회가 주어진다면 아주 잘살아보고 싶다는 욕망이 아스라하게 생겨났다.

하지만 그녀는 차츰 몽롱하게 정신을 잃어갔다. 온몸에 힘이 빠져나가고 깊이를 알 수 없는 무저갱 같은 어둡고 추운 곳으로 한없이 추락하다가 끝내 정신을 잃었다.

눈을 뜨니 제일 먼저 봉황의 문양을 한 낯익은 천장의 모습이 보였다.

“……!”

벽교상은 아주 천천히 눈동자를 굴려 주위를 살펴보았다. 그러면서 지금이 어떻게 된 상황인지 생각해 내려고 애썼다.

그 순간 세 가지 일이 동시에 벌어졌다.

‘아앗!

여전히 침상 가에 앉아 있는 태무랑을 발견한 것이고, 벽교상 자신이 조금 전에 태무랑에 의해서 죽어가고 있었다는 사실과 자신이 아직 죽지 않았다는 사실 따위를 한꺼번에 깨달았다.

‘이 나쁜 놈!’

조금 전 그녀는 죽어가면서 여러 가지 사실을 깨달았으나 막상 눈앞에 태무랑을 보게 되자 모조리 잊어버리고 분노부터 솟구쳤다.

[너의 눈빛을 보니까 죽음을 잠깐 경험한 것으로는 안 되겠구나.]

‘……’

그때 태무랑이 중얼거리자 벽교상은 움찔 몸을 떨고는 명한 표정이 되었다.

그때 그녀는 태무랑의 손가락이 여전히 자신의 백회혈에 닿아 있다는 사실을 깨닫고 온몸에 소름이 쫙 끼쳤다.

그것은 태무랑이 마음만 먹으면 언제든지 그녀를 죽일 수 있다는 뜻이다.

[정말 죽어야만 정신을 차리겠느냐?]

태무랑의 말에 벽교상은 눈을 깜빡였다. 그녀가 제아무리 철화궁과 철화천궁의 지고무상한 궁주의 신분이라고 해도 죽으면 아무것도 아니다. 그것을 그녀는 조금 전에 생생하게 체험했다.

태무랑은 두 눈에서 은은한 살기를 뿜으면서 중얼거렸다.

[원한으로 치자면 내가 너에게 품어야 마땅하다. 그런데도 나는 너를 죽이지 않고 참고 있다. 하지만 너는 무엇 때문에 내게 원한을 품고 있는 것이냐? 대체 내가 너에게 무엇을 잘못했느냐?]

확!

'악!'

그가 벽교상의 망사를 활짝 열어젖히자 나신이 적나라하게 드러났다.

근 백여 개에 이르는 상처와 화상 자국이 몸의 앞면에 빼곡하게 뒤덮여 있는 흉측한 모습이다.

하지만 그렇지 않은 부위는 백옥처럼 희고 매끈했으며, 전체적인 몸의 굴곡은 가히 절색이었다.

벽교상은 다리를 약간 벌린 채 똑바로 누워서 자신의 나신을 드러내고는 수치심에 바들바들 몸을 떨었다.

[네 몸이 흉측하게 변해서 나를 원망하는 것이냐? 그러나 이것은 네가 날 죽이려다가 생긴 자업자득이 아니냐? 너 같으면 죽음의 위기에 처한 상황에서 이것저것 가려가면서 공격을 했겠느냐?]

하지만 벽교상의 귀에는 그의 말이 들리지 않았다. 단지 자신이 태무랑 앞에서 나신을 드러내고 있다는 생각만 머릿속에 가득 들어찼다.

[네 몸을 원래대로 깨끗이 만들어주면 더 이상 나를 원망하지 않겠느냐?]

그런데 그 말은 벽교상 귀에 쏙 들어왔다. 그녀는 정신이 번쩍 들어 태무랑을 똑바로 바라보았다.

하지만 그녀는 지금 태무랑이 자신을 갖고 노는 것이라는 생각이 들었다.

그렇게 생각하는 것도 무리가 아니다. 이처럼 엉망진창이 된 몸을 도대체 무슨 수로 원래대로 만들 수 있다는 말인가. 그것은 불가능한 일이다. 그런 방법이 있다면 그녀가 벌써 사용했을 것이다.

태무랑은 벽교상의 표정을 보고 그녀가 자신의 말을 믿지 못한다는 사실을 깨달았다. 이런 상태에서는 그녀에게서 원하는 대답을 얻을 수가 없다.

[내가 너를 치료하는 동안 아무도 이 근처에 얼씬거리지 못

하게 해라. 이것을 어기면 치료는 고사하고 그 즉시 널 죽일 것이다.]

그렇게 말하면서 태무랑은 오른손 중지를 그녀의 백회혈에 댄 채 왼손으로 아혈을 풀어주었다.

벽교상은 뜨끔하면서 아혈이 풀리는 것을 느끼자 잡아먹을 듯이 눈을 부릅뜨며 태무랑을 쏘아보았다.

"이 나쁜……."

[한 번 더 기회를 주마.]

"……."

순간 벽교상은 화드득 정신이 들었다. 그리고 아주 짧은 순간에 그녀는 한꺼번에 여러 사실을 깨달았다.

태무랑이 자신을 죽일 마음을 먹는다면 언제든지 죽일 수 있다. 그런데도 죽이지 않고 있다.

그는 조금 전에 백회혈을 눌러 그녀를 죽음 직전까지 몰고 갔다가 살려주었다.

그것은 무엇을 의미하는 것인가? 혹시 어떤 깨달음을 주려는 것은 아니었는가?

아니면 죽으면 모든 것이 끝난다는 사실을 가르치려는 것인가? 경고인가? 자비인가?

그리고 태무랑은 그녀의 흉측한 몰골을 원래대로 회복시켜 준다고 말했다.

언제든지 마음만 먹으면 그녀를 죽일 수 있는 그가 허튼소리를 할 리가 없다.

그러므로 어쩌면 그는 정말로 그녀를 치료할 능력이 있을지도 모른다. 그래 봐야 밑져야 본전이다. 그녀로서는 손해볼 것이 없는 일이다.

믿을 수 없게도 한꺼번에 그런 사실을 와르르 깨달은 벽교상은 눈을 깜빡이며 태무랑을 올려다보았다.

태무랑은 묵묵히 그녀를 굽어볼 뿐 어떤 말도 표정도 짓지 않았다. 그리고 그의 침묵이 외려 벽교상을 안심시켰다. 그가 여러 말로 자신을 믿으라고 했다면 믿음이 반감됐을 것이다.

벽교상은 제압된 상태이기 때문에 봉화일선에게 전음을 보낼 수가 없다.

아혈만이 풀린 상태는 공력을 일으킬 수가 없어서 단지 육성으로만 말할 수 있다.

그녀가 육성으로 소리를 쳐서 봉화일선에게 도움을 청한다고 해도, 그래서 봉화일선이 구하러 달려온다고 해도 벽교상의 백회혈에 손가락을 대고 있는 태무랑이 손가락에 힘을 주는 것보다 빠를 수는 없다.

아니, 태무랑이 벽교상에게 예전의 모습을 되찾아줄 수 있다고 한 말을 믿고 싶다. 그게 사실이라면 일부러 화를 자초할 필요는 없다.

"명령이 있을 때까지 모두 이 전각에서 나가라."

이윽고 벽교상은 천장을 응시하며 조용히 말했다. 이제 다섯을 세기도 전에 이 전각 안에 있던 수십 명이 모조리 밖으로 나갈 것이다.

잠시 기다리던 태무랑은 벽교상의 백회혈에서 손가락을 떼고 다시 아혈을 점했다.

그리고는 앞쪽이 훤히 젖혀져 있던 망사를 그녀의 몸에서 완전히 벗겨냈다.

"……."

그녀는 눈을 화등잔처럼 동그랗게 떴다. 실오라기 하나 걸치지 않은 알몸으로, 그리고 이런 자세로 다른 사람의 앞에 누워 있는 것은 생전 처음 있는 일이다.

그러나 그녀는 곧 두 가지 사실을 깨달았다. 치료를 하기 위해서는 거추장스러운 옷을 벗어야 한다는 것과 입고 있던 망사가 앞이 활짝 젖혀진 것이나 그 망사를 벗은 것이나 알몸이 드러나기는 마찬가지라는 사실이다.

'이놈, 치료를 못하기만 해봐라. 그땐……'

속으로 독하게 중얼거리던 그녀는 말끝을 흐렸다. 자신의 목숨이 태무랑의 손에 달려 있는 상황에 무엇을 어쩐다는 것인가 하는 생각이 들었다.

그녀가 살짝 쳐다보자 태무랑이 매우 엄숙한 표정을 짓고 있는 것이 보였다.

그는 천천히 오행지기를 일으켜서 팔을 통해서 두 손에 모으고는 벽교상의 몸 위로 가져갔다.

'오행지기!'

벽교상은 자신의 몸 위에 떠 있는 태무랑의 두 손에서 오색기체가 흘러나와 작은 구름처럼 떠돌고 있는 것을 발견하곤 움찔 놀랐다.

그녀는 오행지기를 한 번도 본 적이 없으나, 그것이 워낙 전설적이고 또 무림인이라면 누구라도 이루기를 원할 만큼 유명하기 때문에 단번에 알아보았다.

그리고는 어쩌면 그가 정말 자신을 치료할는지도 모른다는 생각이 들었다.

전설의 오행지기라면 한번 기대를 걸어볼 만한 것이다. 그런 생각을 하자 벽교상은 적이 긴장되어 눈도 깜빡이지 않고 태무랑을 주시했다.

슥.

태무랑의 두 손이 벽교상의 어깨로 향했다. 그리고는 오행지기를 일으켜서 추궁과혈의 수법으로 부드럽게 주무르기 시작했다.

'아……'

그가 치료를 시작하자 벽교상은 자신도 모르게 나직한 탄

성을 토했다.

　그의 손길이 닿자마자 그 부위가 찌르르한 느낌이 들더니 곧 시원하고 더없이 상쾌해졌다.

　그러는가 싶더니 그의 손이 반대편 어깨로 향했고, 그곳도 똑같은 느낌이 들었다.

　뭐라고 표현하기 힘든 느낌이다. 지상의 것이 아닌 천상의 신비한 기운이 어깨를 통해서 스며들고, 그와 함께 묵은 허물을 벗고 새롭게 탄생하는 기이한 기분이었다.

　'아아아…….'

　그녀는 너무 황홀해서 정신을 차릴 수가 없었다. 그래서 계속 속으로 탄성을 흘렸다.

　그러다가 어느 순간 번쩍 정신을 차렸다. 태무랑의 두 손이 왼쪽 젖가슴을 움켜잡았을 때다.

　'하악!'

　상쾌하던 느낌이 갑자기 사라지고 대신 칼로 젖가슴을 통째로 도려내는 듯한 처절한 고통이 엄습하여 그녀는 자지러질 듯 비명을 질렀다.

　왼쪽 젖가슴은 그녀의 몸에서 상처가 가장 심한 부위 중 한 군데다.

　젖가슴 밑동이 절반쯤 잘려서 덜렁거리는 데다 윗부분은 화상을 입어서 아예 짓뭉개진 끔찍한 모습이었다.

'도대체 무슨 짓을…….'

움직이지 못하는 벽교상은 눈동자를 한껏 아래로 하여 자신의 왼쪽 젖가슴을 보려고 애썼다.

하지만 똑바로 누운 자세라서 잘 보이지 않았다. 단지 태무랑의 솥뚜껑처럼 커다란 손이 젖가슴을 떡 반죽하듯이 주무르고 있는 것만 보였다.

그때 벽교상은 처음 깨달았다. 치료를 한다는 것은 몸을, 그것도 알몸 전체를 마음대로 하라고 내줘야 한다는 사실을. 그것도 철천지원수 태무랑에게.

그의 손이 왼쪽 젖가슴을 끝내고 이제는 오른쪽으로 옮겨갔다. 그때부터 벽교상은 찌르르한 것도, 상쾌한 느낌도 받지 못했다.

단지 태무랑이라는 남자가 커다란 두 손으로 자신의 젖가슴을 제 것인 양 마구 주무르고 있다는 사실만 생생하게 느끼고 있을 뿐이다.

젖가슴을 끝낸 그의 두 손이 가슴 아래와 옆구리, 아랫배에 이르렀으며, 이윽고 옥문에 이르렀다.

사실 벽교상이 봉화일선에게도 보여주지 않고 말하지 못한 것은 옥문을 뚫고 들어간 파편에 대해서였다.

완전히 짓이겨지고 변형되어 괴상한 모양이 돼버린 그 부위가 너무도 끔찍해서 그녀 자신조차도 차마 들여다보지 못했다.

그런데 태무랑이 다리를 활짝 벌리고 그곳에 커다란 손바닥을 덥석 덮었다.

'하윽!'

다음 순간 옥문과 더 깊은 곳의 자궁을 관통하는 듯한 격렬한 느낌이 일어났다.

그리고는 옥문을 통해서 무언가 상쾌한 기운이 주입되는 것 같더니, 다음 순간 반대로 그곳을 통해서 자궁과 내장이 송두리째 뽑혀 나가는 느낌이 뒤따랐다.

'이, 이놈, 뭘 하는 거야.'

그녀가 몸을 바들바들 떨며 경련할 때 태무랑은 옥문에서 손을 떼고 허벅지를 주무르기 시작했다.

그때 한껏 눈을 크게 뜨고 있는 벽교상의 두 눈에 태무랑의 모습이 크게 확대되어 쏘아 들어왔다.

그의 모습은 더할 나위 없이 진지했다. 추호의 상념이나 사심이 한 올도 담겨 있지 않은, 차라리 엄숙하게 느껴질 정도로 치료에 열중하고 있었다.

또한 그의 얼굴은 땀투성이였으며 송알송알 맺힌 땀이 턱에서 비 오듯이 흘러내리고 있었다.

'이놈……'

그 모습을 보자 벽교상은 괜히 가슴이 찌르르 하며 묘한 기분에 사로잡혔다.

태무량은 그녀의 무릎과 다리 아래쪽을 마지막으로 추궁과혈 수법을 끝내고 두 손을 거두었다.

"휴우……."

너무나 힘이 들었기 때문에 그는 자신도 모르게 긴 한숨을 토해냈다.

슥—

[봐라.]

이어서 그는 벽교상의 상체를 일으켜 주었다.

'아…….'

자신의 몸을 바라보는 그녀는 아무 말도 하지 못했다. 쳐다보는 것조차도 역겨워서 온몸을 조각조각 잘라내 버리고 싶을 정도로 흉측했던 모습은 간데없고, 예전의 티 한 점 없는 백옥 같은 몸으로 회복되어 있었다.

그녀의 얼굴에 행복한 미소가 피어올랐다. 그리고 두 눈 가득 소르르 눈물이 차올랐다.

흉측한 모습이 예전에는 상상조차 못했을 정도로 끔찍했던 것처럼, 지금의 감정 역시 예전에는 조금도 느껴보지 못했던 것이다.

그저 내 몸이거니, 죽을 때까지 언제나 아름답겠거니 여겼던 몸이었거늘, 그 몸의 소중함이 이처럼 절절하게 느껴졌던

적은 일찍이 한 번도 없었다.

그때 그녀는 자신의 뽀얀 왼쪽 젖가슴 유두 옆에 뭔가 티끌 같이 붙어 있는 것을 얼핏 본 듯했다.

하지만 눈물이 마구 흘러내려서 잘 보이지 않았다. 아니, 잘못 본 것이라고 생각했다.

몸이 예전으로 완벽하게 회복됐는데 한 군데가 잘못됐을 리가 없다고 생각했다.

그런데 이번에는 다른 부위에서 뭔가 붉은 것이 언뜻 보였다. 그녀는 다리를 약간 넓게 벌리고 앉은 자세인데 허벅지 안쪽 깊은 곳 하얀 침상보에 핏덩이 같은 것이 무더기로 쏟아져 있었다. 일견하기에도 그녀의 옥문에서 나온 것이 분명했다.

그녀는 눈물을 없애기 위해서 쉴 새 없이 눈을 깜빡거렸다. 그것이 무엇인지 좀 더 잘 보려는 것이다.

'피!'

마침내 눈에서 눈물이 어느 정도 마르자 그것의 정체가 드러났다. 틀림없는 핏덩이였다.

여자가 그것도 순결한 여자가 옥문에서 핏덩이를 쏟아냈다면 두 가지 경우일 것이다.

월경을 했거나 아니면 순결을 잃었다는 뜻이다. 그러나 불행히도 그녀는 지금 월경을 하지 않고 있다. 그렇다면 원인은 한 가지다.

'순결을 잃었어.'

너무도 크나큰 충격이다. 아까 태무랑이 옥문에 손을 댔을 때 그곳을 통해서 엄청난 충격이 가해지는 것을 느꼈는데 아마 그때 순결을 잃은 것 같았다.

하지만 그것은 치료를 하는 과정에서 벌어진 일이기 때문에 태무랑의 탓이라고 할 수가 없다.

흉측한 몸이 예전처럼 회복됐다는 기쁨과 순결을 잃었다는 충격이 한꺼번에 그녀를 휩쓸었다.

그녀는 이 상황을 어떻게 해야 할지 몰랐다. 기뻐해야 할지 슬퍼해야 할지 갈피를 잡을 수가 없다.

그러나 그녀는 곧 한 가지 생각이 더 떠올랐다. 태무랑. 그가 자신의 순결을 파괴, 아니, 가져갔다는 것이다. 그러나 그의 음경이 아닌 손으로 말이다.

치료 과정에서 벽교상이 순결을 잃었을 것이라고는 추호도 생각하지 못한 태무랑은 한숨을 돌리고 나서 손을 뻗어 그녀의 아혈을 풀어주었다.

그 상태에서는 여전히 전음을 하지 못한다. 만약 소리쳐 누군가를 부른다면 그들이 도착하기 전에 태무랑의 손에 죽게 될 것이다.

하지만 그녀는 지금 그런 것을 생각할 만한 정신 상태가 아

니다. 마음이 너무 어수선해서 뭘 어떻게 해야 할지 종잡을
수가 없다.

슥―

그때 태무랑이 벽교상의 뺨을 쓰다듬었다.

"나로 인해서 생겼던 상처는 깨끗이 치료했다. 그러니 이
제는 내게 원한이 없기를 바란다."

벽교상은 눈물이 그렁그렁해서 그를 바라보았다. 그는 아
무 뜻 없이 그녀의 뺨을 쓰다듬고 있지만, 그에게 순결을 잃
었다고 생각하는 그녀는 그의 손길을 통해서 수많은 것을 전
해 받고 있었다.

"그리고 경뢰궁주는 내 누나다. 앞으로는 그녀를 괴롭히지
않기를 바란다."

그는 그녀가 잘 볼 수 있도록 왼쪽 젖가슴의 유두를 손가락
으로 슬쩍 옆으로 밀었다.

"여기에 이걸 하나 남겨두었다."

아까 눈물 때문에 잘못 본 것이 아니었다. 지금 다시 보니
까 유두 바로 옆에 손가락 한 마디 길이의 작은 흉터가 아직
하나 남아 있었다. 태무랑은 그것을 일부러 남겨둔 것 같았
다.

"나를 원수처럼 대하지 않는다면 나중에 이걸 없애주마."

경뢰궁주는 태무랑에게 벽교상과 정사를 하라고 했는데

구태여 그러지 않아도 될 듯했다.

　슥—

　일어서려던 태무랑이 무슨 생각에선지 다시 앉더니 벽교상의 몸을 뒤집었다. 그러자 그녀의 눈처럼 뽀얗고 굴곡이 완연한 뒤태가 드러났다.

　태무랑은 한 손을 그녀의 둔부에 얹고는 어디 상처가 없는지 뒷모습을 자세히 살펴보았다.

　이윽고 뒤에는 아무 상처가 없다는 것을 확인한 그는 벽교상의 둔부를 가볍게 때렸다.

　찰싹!

　"됐다."

　'악!'

　그는 벽교상을 원래대로 똑바로 눕혀주고는 몸을 돌렸다.

　그가 걸음을 옮기자 깜짝 놀란 벽교상이 급히 입을 열었다.

　"소… 녀는 벽교상이에요. 당신은 소녀를 상아라고 부르도록 하세요."

　그녀의 말투가 치료를 하기 전하고는 완전히 바뀌었다.

　태무랑은 두 걸음 걷다가 멈추고 뒤돌아보았다. 이름을 불러달라고 하는데 못할 게 없다.

　"상아, 잘 있어라."

　벽교상이 얼굴을 발그레 물들였다.

태무랑은 그녀가 조금 전에 눈물을 흘릴 때부터 그녀를 적으로 여기지 않았다.

그리고 자신이 충분히 다룰 수 있는 일개 여자라고 판단했다. 원래 그는 여자를 두려워하지도 좋아하지도 않는다. 다만 특별한 정을 쌓은 여자만 친하게 여길 뿐이다.

또한 이제는 벽교상을 조금도 두려워하지 않는다. 그녀가 자신을 일 초식에 죽일 능력을 지녔다고 해도 눈 하나 까딱하지 않는다.

사실 그는 조금 전에 벽교상을 치료하던 중에 한 가지 기발한 생각을 떠올렸었다.

그것 역시 한 번도 시도해 본 적이 없는 방법인데, 추궁과혈을 하는 과정에서 그녀의 체내에 약간의 오행지기를 남겨둔 것이다.

그것이 앞으로 어떤 결과를 가져오게 될는지는 지금으로선 알 수가 없다.

하지만 벽교상의 체내에 잠재되어 있는 오행지기는 태무랑의 오행지기하고 연결되어 있기 때문에 그의 명령에 따를 것이라고 짐작할 수 있다.

말하자면 그가 벽교상의 체내에 있는 오행지기를 마음대로 조종할 수 있다는 뜻이다.

"소녀에게 언제 오시겠어요?"

그녀는 누운 채 태무랑을 보려고 눈동자를 한껏 그의 쪽으로 굴리며 사근사근한 목소리로 물었다. 마치 아내가 낭군에게 하는 듯한 말투다.

"글쎄……."

"꼭 오세요. 기다리고 있겠어요."

당신이 오지 않으면 내가 반드시 찾아가겠다는 말을 그녀는 하지 않았다.

"알았다. 제압된 혈도는 일각 후에 저절로 풀릴 것이다."

태무랑은 대답하고는 그대로 방을 나섰다.

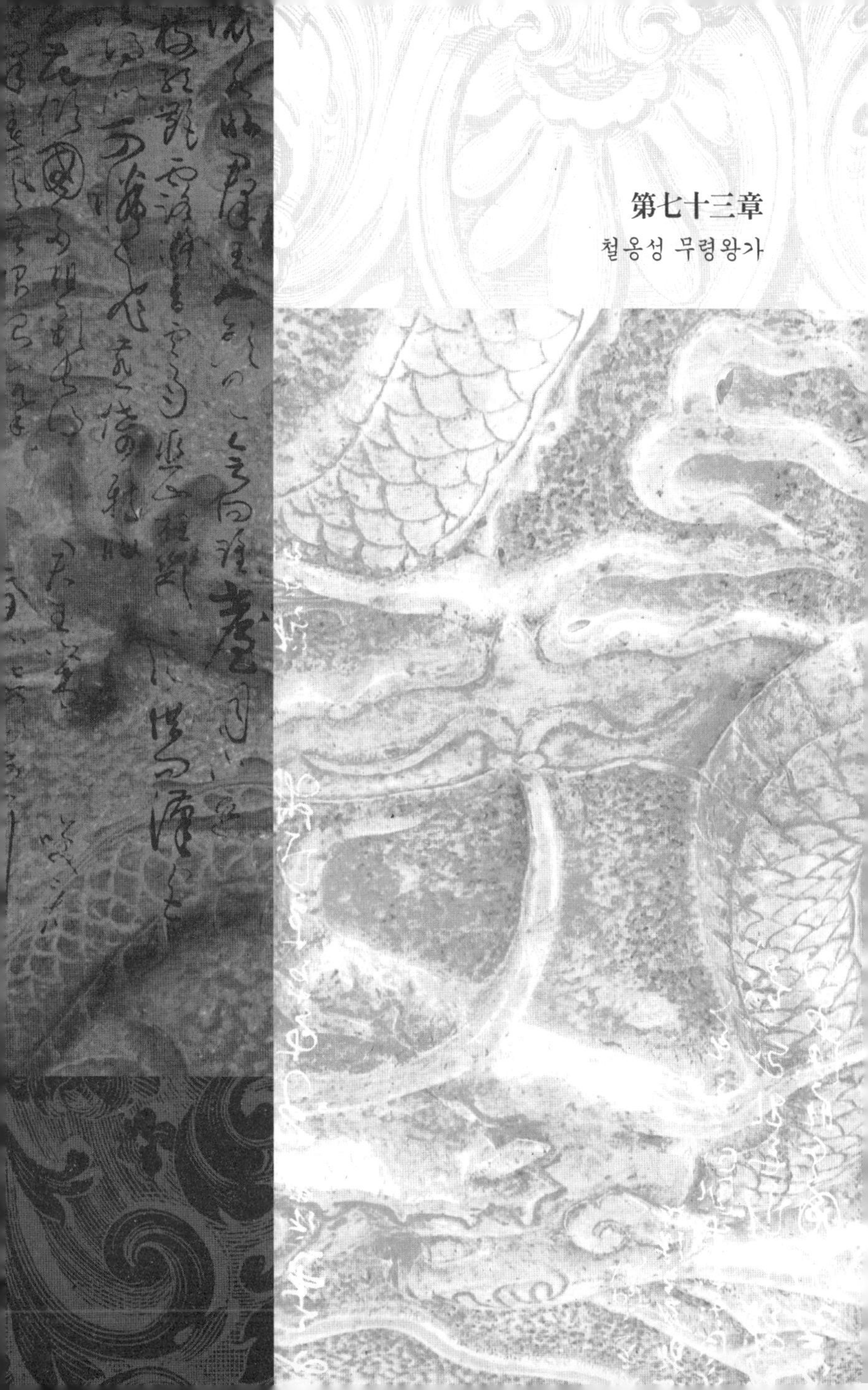

第七十三章
철옹성 무령왕가

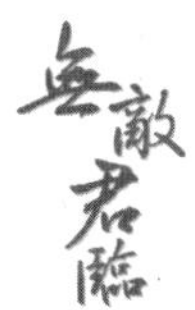

승리하는 세력은 점점 강해지고, 반대로 패하는 세력은 급속도로 쇠퇴한다.

그것은 이 땅 위에 누천 년 동안 끊임없이 이어져 온 변함없는 진리다.

당금 무림에서는 무극신련과 철화천궁 두 세력이 그 전철을 밟고 있다.

승승장구하고 있는 무극신련은 흥(興)하는 쪽이고, 연전연패를 거듭하는 철화천궁은 쇠(衰)하는 쪽이다.

철화천궁은 실력 면에서는 무극신련에 비해 열세지만, 자신들이 지니고 있는 어마어마한 부(富)가 큰 역할을 해줄 것으로 믿었다.

하지만 막상 전쟁이 시작되자 부는 힘 앞에서 맥을 추지 못했다. 붓이 창칼을 이기지 못하듯이, 부 역시 무력하고의 정면충돌에서 배겨내지 못했다.

무극신련은 천하의 대강남북에 사십팔지파를 거느리고 있으며, 단유천이 이끄는 총본련의 무극십단이 있다.

또한 무극신련은 정파의 지주로서 무림맹의 역할을 하고 있기 때문에 무림의 대부분의 방, 문파들이 호의적으로 물심양면 지원을 아끼지 않았다.

반면에 철화천궁의 무력은 열 개의 지부가 전부다. 재력은 엄청나지만 그것이 무력에게 도움이 되려면 전쟁이 지구전(持久戰)이 돼야만 한다.

전쟁을 하려면 막대한 자금이 소요된다. 먹고 입어야 하며, 무기를 비롯한 많은 용품이 필요하다. 또한 동원된 고수들에게 녹봉이 지급되어야 한다.

그러므로 철화천궁이 전쟁에서 승리하려면 지구전, 즉 장기전으로 가야 한다.

천하 상권을 장악하고 있는 그 막대한 금력(金力)으로 무극신련의 돈줄을 죄는 것이다.

무림의 거의 모든 방, 문파들이 무극신련을 지원하고 있지만, 철화궁이 그들의 자금을 틀어막아 버리면 더 이상 무극신련을 지원하지 못하게 된다.

그리고 외톨이가 된 무극신련도 자금이 바닥나서 차츰 피폐해질 것이다.

그러나 그렇게 되려면 최소한 일 년 정도의 시일이 흘러야 한다. 그래야지만 갖고 있던 자금이 바닥나게 된다.

그런데 무극신련은 불과 두어 달 만에 철화천궁의 열 개 지부 중에서 절반을 짓밟아 버렸다.

그리고 남아 있는 다섯 개 지부가 괴멸하는 것도 시간문제인 것처럼 보인다.

철화천궁으로서는 최소한 일 년을 버텨야 하는데 이런 식이라면 반년 만에 패하고 말 것이다.

더구나 무극신련은 천풍공자 단유천의 지휘하에 무극십단과 각 지파, 그리고 지원하는 방, 문파 전체가 일사불란하게 움직이는 데 반해서, 철화천궁은 각 지부의 지부주, 즉 궁주들이 단독으로 지휘하여 싸움에 임하고 있다.

그러므로 싸움이 이루어질 수가 없다. 철화천궁의 각 지부는 고립된 상태에서 손발이 꽁꽁 묶인 채 무극신련과 싸우는 것이나 다름이 없다.

그러므로 무극신련이 계속 흥하고 철화천궁이 계속 쇠하는 것은 거대한 수레바퀴가 굴러가는 것 같아서 현재로선 아무도 막지 못할 듯이 보였다.

＊　　　＊　　　＊

정오쯤에 남경을 출발한 태무랑은 저녁나절에 남경에서 서쪽으로 삼십여 리 떨어진 당도현(當塗縣)에 이르렀다.

남경에서 무창까지는 장장 삼천여 리에 이르는 먼 길이다. 그러나 남경과 무창은 장강으로 이어져 있으므로 배를 타고 갈 경우에는 이천오백여 리로 오백여 리를 줄일 수 있으며 또한 편하게 갈 수 있다.

반면에 육로를 택하면 경공이나 말을 이용할 수 있으며, 배를 타는 것보다 훨씬 빠르다. 그러나 편하지 않고 자신의 시간을 가질 수 없다는 단점이 있다.

그래서 태무랑은 배를 선택했다. 때마침 연풍 등 고구려 친구들이 장강 상류로 거슬러 올라 안휘성 동릉현(銅陵縣)까지 장사를 떠나게 되었으므로 그들의 배 금오를 타기로 했다.

연풍과 울금, 발탄 등 다섯 명의 고구려 사내들은 오랜만에 태무랑을 만나자 반가워서 어쩔 줄을 몰랐다.

또한 태무랑이 아버지들과 함께 여행을 한다는 소식을 듣고는 연풍의 딸 연지가 함께 가겠다면서 결사적으로 따라나섰다. 여행 중에 태무랑의 시중을 들고 말동무라도 되겠다는 것이다.

해가 지기 전에 금오는 당도현 포구에 정박하여 남경에서 가득 싣고 온 짐 중에서 얼마간의 짐을 그곳에 내리고 또 새로운 짐을 실었다.

그동안 부지런히 장사를 해온 연풍 등은 장사 수완이 제법 늘었으며, 당도현의 장사치들하고도 안면을 트고 지내는 사이가 되어 거래가 쉽게 성사되었다.

다섯 사내가 배에서 짐을 내리고 또 실으면서 거래를 하는 동안 연지는 선실에 있는 태무랑과 신풍개에게 차를 대접하고 있었다.

거래를 끝낸 고구려 사내들은 주루에 들러 맛있는 요리와 술을 사 들고 금오로 돌아왔다.

그리고는 해가 뉘엿뉘엿 질 무렵부터 선창 바로 아래 식당에서 질펀한 술판이 벌어졌다.

고구려 사내들은 남경에 점포를 열고 장사를 하면서도 내내 태무랑이 돌아오기를 기다렸었다.

이따금 신풍개에게 '그는 잘 있다' 라는 말만 들었을 뿐이지 얼굴을 보지 못했기 때문에 너무나 만나고 싶어했다.

하지만 그들로서는 태무랑을 찾을 방법이 없었다. 워낙 신출귀몰하는 그이기에 어디에서부터 어떻게 찾아야 하는지를 몰랐다.

설혹 방법을 안다고 해도 자신들이 태무랑을 찾으려는 행동이 그에게 해를 입힐지도 모르기 때문에 엄두도 내지 못했을 것이다.

그런데 태무랑이 제 발로 나타난 데다 함께 긴 여행을 하자고 하니 고구려 사내들로서는 날아갈 듯이 기뻤다.

연풍을 비롯한 고구려 사내들은 연신 태무랑과 신풍개에게 술잔을 권했다.

두 사람도 술을 받으면 지체없이 마시고는 그들에게 다시 돌려주었다.

"으하하!"

"허허헛!"

금오 선창 아래에서는 유쾌한 웃음소리가 끊이지 않고 흘러나왔다.

급하게 십여 차례의 술이 돌아간 후에 연풍이 웃음 가득한 표정으로 태무랑을 보며 말했다.

"이 자리에 수월화 소저와 우 형이 없는 것이 아쉽구먼."

태무랑이 빙그레 미소를 짓자 신풍개가 껄껄 웃었다.

"허허허! 두 사람 다 태 형하고 함께 지내고 있다네!"

"그런가?"

모두들 반색을 하며 정말 잘됐다고 한마디씩 했다.

신풍개는 팔꿈치로 태무랑의 옆구리를 쿡 찌르며 모두에게 넌지시 말해주었다.

"태 형은 곧 수월화 소저하고 혼인을 할 예정일세."

"그게 정말인가, 풍개?"

"뭐어? 그야말로 경사로군!"

고구려 사내들은 손뼉을 치고 발을 구르면서 자신들의 일처럼 진심으로 기뻐해 주었다.

누구보다 기뻐해 준 사람은 연지다. 그녀는 태무랑과 수월화를 모두 좋아했기 때문이다.

그녀는 태무랑과 신풍개 사이에 끼어 앉아서 연신 수월화 소식을 묻느라 입이 아플 정도였다.

일행은 밤이 깊어가는 줄도 모르고 술을 마시며 이야기꽃을 피웠다. 아무도 먼저 일어나는 사람이 없었고, 피곤한 줄도 몰랐다.

그렇게 일곱 명의 사내는 다음날 동이 부옇게 터올 때까지 지칠 줄 모르고 자리를 지켰다.

한 사람, 연지만 태무랑의 무릎을 베고 엎드린 채 곤하게 잠에 빠져들었다.

*　　　*　　　*

자정 무렵의 무령왕가.

두 개의 검은 그림자가 무령왕가 내 깊숙한 곳을 제집인 양 돌아다니면서 뒤지고 있다.

그것들은 칠흑처럼 검은 흑의 야행복을 입은 단유천과 천자필사였다.

두 사람은 각기 다른 방향에서 전각들을 위주로 자세히 살피는 중이다.

그들의 목적은 물론 태무랑과 옥령을 찾는 것이다. 하지만 무령왕가 내의 전각이 무려 삼백여 채에 이르기 때문에 동이 트기 전까지 다 살펴보는 것은 불가능한 일이다.

그들도 무령왕가에 잠입하기 전에는 전각이 이처럼 많을 줄은 예상하지 못했다.

무령왕은 무령왕가 근처에 높은 건물을 짓지 못하도록 엄명을 내렸기 때문에 밖에서는 무령왕가 내부를 결코 들여다볼 수가 없었다.

그래서 무령왕가에 대한 아무런 사전 지식도 없이 잠입했더니 이런 난관에 부닥치게 된 것이다.

하지만 일단 잠입을 한 상태니까 그냥 되돌아 나갈 수도 없는 노릇이다.

그러므로 단유천과 천자필사는 각기 방향을 설정해서 수색을 하며 반 시진에 한 번씩 미리 정해놓은 장소에서 만나

태무랑과 옥령을 찾았는지, 또는 그 외의 내용들을 알려주기
로 했다.

　자정에서 한 시진이 지났다. 그동안 단유천은 이십 채, 천
자필사는 열다섯 채의 전각을 조사했다.
　마음이 급하다고 대강대강 살펴볼 수는 없다. 삼백여 채의
전각을 다 둘러보는 것이 목적이 아니라 태무랑과 옥령을 찾
는 것이 목적이므로 전각 한 채를 살피더라도 최대한 주의를
기울여야만 한다.
　하지만 한 시진 동안 둘이서 겨우 삼십오 채의 전각을 살폈
다면 두 시진에 칠십여 채, 세 시진에 백다섯 채 남짓에 불과
하다.
　자정에서 두 시진 반이 지나면 갑시(甲時:새벽 5시)고, 그즈
음부터 동이 트기 시작한다.
　그러므로 아무리 애를 써도 무령왕가 전체의 삼분지 일 정
도밖에 살펴볼 수 없는 것이다.
　더구나 무령왕가는 예상했던 것보다 경계가 훨씬 더 삼엄
했다. 비록 군사들이라고 해도 그들에게도 눈이 있고 귀가 있
으므로 자칫 실수라도 하는 날에는 낭패를 당하고 만다.
　자정에서 두 시진이 지났을 때 두 사람은 정해놓은 장소에
서 두 번째 만났다.

그때까지 두 사람은 팔십여 채의 전각을 살펴본 상태다. 그러나 중요한 것은 여전히 태무랑과 옥령을 찾지 못했다는 사실이다.

이제 남은 시각은 반 시진 남짓이다. 동이 트기 전에 빠져나가야만 한다.

두 사람이 한 시진마다 만나기로 정해놓은 장소는 좌장거안의 어느 인공 숲 속이다.

그들은 무령왕가의 내부에 대해서 전혀 모르기 때문에 이곳이 어딘지 모르지만 사실 두 사람이 숨어 있는 인공 숲 전면의 웅장한 삼층 전각은 좌장각, 즉 총사좌장군 비한의 거처인 것이다.

[안 되겠다. 방법을 달리해야겠다.]

초조해진 단유천이 주위를 살펴보면서 천자필사에게 전음으로 말했다.

[적당한 놈을 제압해서 심문을 해야겠다.]

천자필사도 그 방법밖에 없다고 생각하는 중이라서 묵묵히 고개를 끄덕였다.

그런 방법은 위험이 따를 수밖에 없다. 누군가를 제압해서 심문을 하는 것은 별로 어려운 일이 아닌데, 그러고 나서가 문제다.

심문을 한 이후에 그자를 죽이면 시체를 처리하는 것이 난

감하고, 살려두면 나중에 자신이 당한 일을 발설할 것이기에
곤란해진다.

하지만 이제 남은 시각은 반 시진도 채 안 된다. 그렇다고
내일 밤에 다시 잠입할 수도 없다.

그런데 작은 문제가 생겼다. 군사들이 꼭 다섯 명씩 떼로
몰려다닌다는 것이다.

그래서 결국 군사를 제압하려던 계획은 포기할 수밖에 없
게 되었다. 어차피 군사들은 무령왕가 내의 일에 대해서는 잘
모를 테니 오히려 잘됐다는 생각이 들었다.

단유천은 일개 군사가 아닌 좀 더 지위가 높은 자를 제압하
기 위해서 물색을 시작했다.

[공자, 저기.]

잠시 후에 천자필사가 급히 전음을 보냈다. 좋은 먹잇감을
발견했다는 뜻이다.

하지만 그녀의 말을 들어볼 필요는 없다. 단유천도 같은 먹
잇감을 주시하고 있기 때문이다.

두 사람은 인공 숲 밖의 웅장한 삼층 전각 안에서 일남일녀
가 나란히 걸어 나오고 있는 것을 각기 다른 장소에서 주시하
고 있었다.

준수한 청년과 눈이 번쩍 뜨이는 절색 소녀인데, 고급스러
운 옷차림에 어깨에 검과 단봉을 멘 모습이다. 일견하기에도

높은 신분이 분명했다.

[너는 여자, 내가 남자를 맡겠다. 저들이 정원으로 들어서면 공격한다. 신호는 내가 보내겠다.]

일남일녀는 다정하게 웃으며 대화하면서 점차 정원 쪽으로 걸어왔다.

'저 여자…….'

그때 천자필사는 화려한 비단 금의를 입고 있는 소녀의 얼굴을 가까이에서 보고는 멈칫했다. 어디선가 본 듯한데 누군지 기억이 나지 않았다.

'누군가?'

이제 곧 단유천이 공격 신호를 보낼 텐데, 그래서 그전에 기억해 내야 하는데 머릿속에서 가물거릴 뿐 도무지 떠오르지 않았다.

만약 눈앞의 소녀가 무령왕가에서 제공한 비단 금의가 아닌 원래 즐겨 입는 녹의 경장을 입고 있으며, 또한 지금처럼 머리를 땋지 않고 길게 흩날리게 했더라면 천자필사는 그녀가 누구인지 어렵지 않게 알아보았을 것이다. 하지만 지금 그녀는 딴사람 같았다.

[지금이다! 공격하라!]

그때 단유천의 명령이 전해졌다. 그리고 뭔지 모를 불길함이 천자필사의 가슴을 가득 메웠다.

사아…….

단유천과 천자필사는 인공 숲을 벗어나 일남일녀의 좌우에서 그림자처럼 전력으로 쏘아갔다.

일남일녀는 정원 깊숙이 들어온 상태다. 인공 숲 가장자리와의 거리는 삼 장 남짓. 그들이 제아무리 무위가 뛰어나더라도 단유천과 천자필사 같은 절정고수가 느닷없이 급습을 하면 순식간에 거리를 좁힐 수 있고, 그들이 미처 방비하기도 전에 제압할 수 있다고 단유천은 판단했다.

원래 단유천보다 천자필사가 반 수 정도 더 고강했다. 하지만 지금은 오히려 단유천이 그녀보다 한 수 정도 더 고강해졌다.

무극십단 총단주가 된 이후 단유천에게 무슨 일이 있었는지 모르지만 그는 놀라울 정도로 무공이 증진됐다. 무극백절로 친다면 오 위 급에 해당할 정도다.

그리고 그런 사실을 천자필사는 은연중에 느꼈다. 그런 것은 꼭 비무나 싸움을 해봐야지만 알게 되는 것이 아니다. 사람에겐 특히 고수들에겐 감(感)이라는 것이 있다.

스사아…….

일남일녀의 정면 좌우에서 느닷없이 두 줄기 검은 그림자가 튀어 나오는가 싶더니 거의 같은 순간 지풍을 발출했다.

쉬이익!

각기 두 줄기씩 네 줄기 무형의 지풍이 일남일녀의 상체를 향해 번갯불 같은 속도로 쏘아갔다.

그리고 단유천과 천자필사는 순식간에 일남일녀의 일 장 거리까지 좁혀들었다.

두 사람은 자신들을 발견한 금의소녀가 크게 놀라는 것을 발견했다.

하지만 청년이 전혀 놀라지 않고 표정이 슬쩍 굳어지기만 했다는 사실이 마음에 걸렸다.

그렇더라도 자신들이 발출한 네 줄기 지풍이 일남일녀를 제압할 것이라는 사실은 믿어 의심하지 않았다.

피잉―

그런데 단유천과 천자필사의 믿음은 너무도 빨리 깨져 버렸다. 지풍이 허공을 가르는 소리만 듣고도 실패했다는 것을 알 수 있다.

실패라니, 있을 수 없는 일이다. 천풍공자 단유천과 천자필사가 급습을 하면서 발출한 지풍을 피한다는 것은 말도 안 되는 소리다.

지풍이 허공을 가르는 소리와 더불어서 더욱 놀라운 일이 벌어졌다.

일남일녀의 청년이 왼팔로 소녀의 허리를 감고는 상체를 뒤로 젖힌 채 믿어지지 않을 정도의 빠른 속도로 뒤로 물러나고 있는 것이 아닌가.

그때 물러나고 있는 소녀가 천자필사를 가리키면서 날카롭게 외쳤다.

"천자필사!"

그 순간 천자필사는 그 소녀가 누군지 그제야 확연히 기억이 났다.

'은지화!'

청년 비한은 지풍을 피하자마자 급습한 자들을 공격할 수도 있었으나 그렇게 하지 않고 물러났다. 공격을 하게 되면 은지화가 위험해질 수 있기 때문이다.

그러나 은지화가 급습을 한 여자를 가리키며 '천자필사'라고 외치자 반사적으로 급습한 남자를 쳐다보았다.

그때 은지화가 단유천을 가리키며 날카롭게 외쳤다.

"네놈 눈의 상처를 보니까 무랑 오라버니에게 당해서 도망친 단유천이 분명하구나!"

'단유천!'

그 순간 비한은 피가 확 머리로 몰렸다. 눈앞의 사내가 태무랑의 철천지원수 중 또 한 명인 단유천이기 때문이다.

비한은 절대로 경거망동하는 성격이 아니다. 또한 호승심이나 영웅심이 앞서 일을 그르칠 사람도 아니다. 그는 찰나를 백으로 쪼갠 순간에 어떻게 해야 단유천과 천자필사를 제압할 수 있을지 결정을 내렸다.

단유천은 쏘아가던 신형을 멈칫했다. 은지화가 천자필사는 물론이고 자신까지도 한눈에 알아봤기 때문이다.

하지만 그는 은지화가 누군지 모른다. 지금 처음 봤고 이름조차도 생소하다.

그런 여자가 자신을 알아봤다는 사실 때문에 머리가 혼란스러웠다.

'뭔가 잘못됐다.'

그렇게 느끼는 한편 이대로 계속 공격하여 일남일녀를 제압해 버릴까, 아니면 도주할까 하고 갈등했다.

하지만 방금 전에 네 줄기 지풍을 피하는 것으로 미루어 청년의 실력은 결코 단유천보다 하수가 아닌 듯했다.

그때 비한이 계속 물러나면서 우렁차게 외쳤다.

"침입자다! 경갑호(警甲號) 상황이다!"

그는 혼자서 침입자들을 상대하기보다는 무령왕가의 막강한 군사력을 이용하기로 결정했다.

단유천과 천자필사는 그 자리에 완전히 멈췄다. 두 사람은 비한과 은지화를 쏘아보았다. 그러면서 천자필사가 재빨리 단유천에게 전음을 보냈다.

[저 계집은 낙양 낙성검문의 은지화입니다.]

단유천은 그제야 어제 천자필사가 말해준 한 가지 내용이 생각났다. 예전에 옥령과 천자필사가 태무랑하고 함께 행동하는 은지화를 납치한 적이 있었다는 얘기다.

[저 계집이 이곳에 있다는 것은 적안혈귀도 이곳에 있다는 뜻입니다.]

단유천이 천자필사의 그 말을 듣는 순간 갑자기 주위가 대낮처럼 밝아졌다.

화악!

아니, 대낮보다 더 밝았다. 수백 개의 불이 사방에서 타올랐으며 또한 수백 개의 불빛이 두 사람에게 집중적으로 비추어졌다.

불은 유등이나 관솔불로 그저 타오르게 하는 것인 줄만 알았지, 어떤 방향을 향해서 비출 수도 있다는 사실을 두 사람은 이곳에서 처음 알게 되었다.

그것은 대명제국의 발명가들이 만들어낸 것으로써 등화시(燈火矢)라는 것이다.

학처럼 목이 긴 호로병 모양으로 생겼는데, 둥근 부위에 기름이 채워져 있고, 목이 시작되는 부위에 심지가 있으며, 기다란 목은 빛을 한 군데로 모아서 한쪽 방향으로 쏘아내는 역할을 한다.

그리고 따로 손잡이가 있기 때문에 방향 전환이 자유롭고 뜨거움을 느끼지도 않는다.

느닷없이 자신들에게 엄청난 빛이 쏘아지자 단유천과 천
자필사는 눈을 뜰 수가 없었다.

뿐만 아니라 일순간 사고가 마비되어 지금 자신들이 무엇
을 어떻게 해야 좋을지도 몰랐다.

그런데 손으로 눈을 가리고 있던 단유천은 손가락 사이로,
그리고 태양을 쳐다보는 듯한 눈부심 사이로 얼핏 무엇인가
를 발견했다. 그것은 화살이 먹여져 있는 활이었다.

[천자필사! 숲으로!]

순간 그는 벼락같이 외치며 몸을 돌려 인공 숲을 향해 전력
으로 내달렸다.

천자필사하고는 사오 장 정도 떨어져 있었으므로 그녀를
도울 수가 없다.

콰앙!

그 순간 허공을 떨어 울리는 엄청난 폭음이 터졌다. 달리면
서 단유천은 그것이 수백 발의 화살을 일제히 발사하는 소리
일 것이라고 짐작했다.

도대체 얼마나 강력한 강궁(强弓)이면, 게다가 얼마나 많은
화살을 한꺼번에 발사하면 그런 굉장한 음향이 터진다는 말
인가.

콰아아아―!

단유천이 인공 숲을 이 장쯤 남겨놨을 때 거대한 폭포가 쏟

아지는 듯한 굉음이 허공을 가득 메웠다.

수백 발, 아니, 어쩌면 수천 발일지 모르는 화살이 쏟아져 오는 소리다.

소리가 너무 커서 도대체 어느 방향에서 어디까지 쏘아오고 있는지 도저히 파악할 수가 없다.

단유천은 인공 숲으로 들어서는 순간 반사적으로 천자필사가 있는 쪽을 재빨리 쳐다보았다. 그런데 그녀가 보이지 않았다. 아니, 보고 있는 동안 그녀가 숲 안으로 쏘아 들어오고 있었다.

콰콰콰아아—!

그 순간 소나기처럼 셀 수도 없이 많은 화살이 숲을 뚫고 쏟아져 내렸다.

창!

단유천은 계속 달리면서 어깨의 검을 뽑는 것과 동시에 맹렬하게 휘둘러 머리 위에 검막(劍幕)을 만들었다.

콰차차창!

무수한 화살이 검막에 퉁겨져 날아갔다. 검막이란 공력으로 어떤 단단한 막을 만드는 것이 아니다. 엄청나게 빠른 속도로 검을 휘둘러서 거미줄처럼 촘촘한 방어막을 형성하는 것이다.

그러므로 약간의 틈이라도 생길 수가 있으며, 그 사이로 화살이 뚫고 들어올 수도 있다.

우거진 인공 숲의 나뭇가지들은 과연 어느 정도의 화살을 차단해 주었다.

그런데도 마치 억수 같은 소나기가 퍼붓듯이 화살이 쏟아졌다. 만약 인공 숲 밖이었으면 이것보다 곱절은 더 쏟아졌을 것이다.

그때 쏟아지는 화살이 겨우 멈추었다. 사위가 쥐 죽은 듯이 고요해졌다. 방금 전의 천둥 같은 굉음이 착각처럼 느껴질 정도다.

사사…….

천자필사가 재빨리 단유천 옆으로 달려왔다. 그가 급히 돌아보자 그녀는 다친 곳은 없으나 옷이 여기저기 마구 찢어져 있었다.

혹시 싶어서 단유천이 자신의 몸을 쳐다보자 그 역시 옷이 많이 찢어진 상태였다.

[어떻게 하죠?]

역시 공력이 많이 허비되는 검막으로 화살을 막은 천자필사가 붉게 상기된 얼굴로 낮게 헐떡이며 물었다.

단유천은 대답을 할 수가 없다. 지금으로선 마땅한 방법이 없기 때문이다.

전체 둘레 오십여 장 남짓 크기인 인공 숲 안에 갇혀 있는 상황에서 대체 무슨 방법이 있다는 말인가.

다행히도 화살은 더 이상 발사되지 않았다. 만약 화살을 여러 차례 계속 발사하면 설사 인공 숲 안에 숨어 있다고 해도 무사하지 못할 터이다.

그렇지만 이 고요함은 무엇인가? 적들이, 아니, 무령왕가의 군사들이 화살을 쏘지 않고 있다는 것은 그보다 더 무서운 무엇인가를 준비하고 있다는 예감이 들게 했다.

나뭇잎 사이로 수백 가닥의 가느다란 빛이 새어들어 곳곳을 비추고 있다.

단유천이나 천자필사는 한 번도 이런 상황에 직면해 본 적이 없었다.

수백 가닥의 불빛과 괴괴한 적막이 감도는 인공 숲 안에서 두 사람은 생애 처음으로 괴이한 두려움을 느꼈다.

'어떻게 한다?'

단유천은 고심했다. 방금 천자필사가 물은 말을 속으로 되풀이했다.

그는 무령왕가 정도는 무인지경으로 드나들 수 있을 것이라고 과소평가했다.

그리고 조금 전의 일남일녀에게 발각되기 전까지는 사실 그랬다.

그들에게 발각된 이후부터 상상도 하지 못할 일, 즉 무령왕가의 무서움이 발톱을 드러내기 시작했다.

그러나 이빨을 드러내면 지금보다 훨씬 더 위험한 상황에 직면하게 될 것이다. 그러므로 무슨 수를 써서라도 그전에 이곳을 탈출해야만 한다.

결정은 빨라야 한다. 군사들이 두 번째 공격을 하기 전에 행동을 취해야만 할 것이다. 그리고 단유천은 결정했다.

[전력을 다해서 탈출한다.]

그는 한쪽 방향을 가리켰다. 북쪽이다. 그 방향으로 전 공력을 끌어올려 경공을 발휘해서 쏘아 나가자는 뜻이다. 천자필사가 생각하기에도 지금으로선 그 방법뿐이다. 단순한 방법이지만 최선의 방법이기도 하다.

[자…….]

단유천이 '지금!' 이라고 외치려는 순간,

쏴아아―!

갑자기 비가 쏟아졌다. 그것은 틀림없는 빗소리다.

만약 그때라도 두 사람이 결사적으로 신형을 날렸다면 탈출에 성공했을지도 모른다. 그러나 빗소리 때문에 멈칫한 것이 실수였다.

억수같이 퍼붓는 비가 인공 숲을 흠뻑 적시면서 두 사람 몸으로도 쏟아졌다.

그런데 역겨운 냄새가 확 풍겼다. 그때는 이미 두 사람 몸이 빗물에 흠뻑 젖은 상태다.

"기름?"

빗물의 정체를 확인하고 움찔 놀란 단유천은 전음을 사용하는 것도 잊었다.

또 다른 것을 감지한 천자필사는 단유천보다 더 놀랐다.

"화약이에요! 기름에 화약이 섞였어요!"

그녀는 크게 당황해서 두리번거리며 발작적으로 외쳤다. 그것은 평소 냉철한 그녀의 모습이 아니다.

"당장 여기에서 나가야 해요!"

화아아—!

그 순간 천지가 새하얗게 변했다. 그리고 다음 순간 엄청난 굉음과 함께 인공 숲 전체가 불길에 뒤덮였다.

화약이 섞인 기름이 소나기처럼 인공 숲으로 쏟아지면서 불덩이로 변해 버렸다. 불비, 아니, 불의 소나기가 쏟아지고 있는 것이다.

"옷을 벗어!"

단유천이 악을 쓰듯이 외칠 때 이미 두 사람 옷에 불이 붙기 시작했다.

두 사람은 누가 먼저랄 것도 없이 다급히 옷을 마구 찢듯이 벗어 집어던졌다.

그러나 몸도 화약 섞인 기름에 젖었기 때문에 몸에도 불이 확 붙었다.

손으로 문질러서 급히 불을 끄는 두 사람의 얼굴이 당황함과 두려움으로 물들었다.

콱!

그때 단유천이 천자필사의 한쪽 팔을 붙잡으며 다급하게 외쳤다.

"천자! 내가 공력을 주입해서 널 던질 테니 이곳을 탈출해라! 한 사람이라도 살아 나가야 한다! 그리고 내일 무극백절을 이끌고 이곳을 공격해서 짓밟아 버려라!"

"……."

천자필사는 머리카락에 불이 붙는 것도 모르는 듯 놀란 얼굴로 단유천을 쳐다보았다.

그가 이렇게 나올 줄 몰랐기에 그녀는 많이 놀랐다. 절체절명의 순간에 단유천이 자신을 희생하면서 그녀를 살리려고 할 줄은 전혀 예상하지 못했다. 그래서 그녀의 마음이 크게 움직였다.

탁!

순간 그녀는 자신의 팔을 잡고 있는 단유천의 손을 재빨리 뿌리치는 것과 동시에 반대로 그의 팔을 두 손으로 힘껏 움켜잡고 빙글 몸을 회전했다.

"공자가 가세요."

"천자!"

단유천이 외쳤으나 이미 늦었다. 그녀는 크게 몸을 반회전하면서 전 공력을 모아 단유천을 북쪽 방향으로 집어 던지고 있었다.

기회는 한 번뿐이다. 지금 이 순간 단유천이 자신의 공력을 합치지 않으면 탈출은 불가능해질 것이다.

슈우욱!

그는 질풍처럼 쏘아 나가는 힘에 자신의 전 공력을 보태서 두 배 이상 빠른 속도로 비스듬히 북쪽 허공을 향해 날아가다가 급히 뒤돌아보았다.

천자필사가 그를 바라보고 있다가 시선이 마주쳤다. 그리고 그는 그녀가 희미하게 미소를 짓고 있는 것을 발견하고는 가슴이 조각조각 찢어지는 것을 느꼈다.

그녀는 필경 죽게 될 것이다. 그녀의 죽음이 단유천을 살린 것이다.

그 순간 천자필사가 몸을 돌려 인공 숲 밖으로 달려가는 것이 보였다. 그리고 그게 끝이다. 단유천의 시야에서 그녀가 사라졌다.

파아아—!

단유천은 하나의 거대한 불덩어리가 된 인공 숲을 뚫고 엄청난 속도로 밤하늘로 솟구쳐 올랐다.

쿠아앙!

천지간을 울리는 굉음이 터졌다. 그를 향해 수백 발의 화살이 일제히 발사된 것이다.

하지만 단유천은 화살보다 더 빠르게 밤하늘을 쏘아가고 있었다.

천자필사의 도움이 없었다면 그처럼 빠르지 못했을 것이다. 그러면서 그는 어금니를 힘껏 악물었다.

'천자, 부디 살아만 있어다오. 반드시 널 구하러 오겠다!'

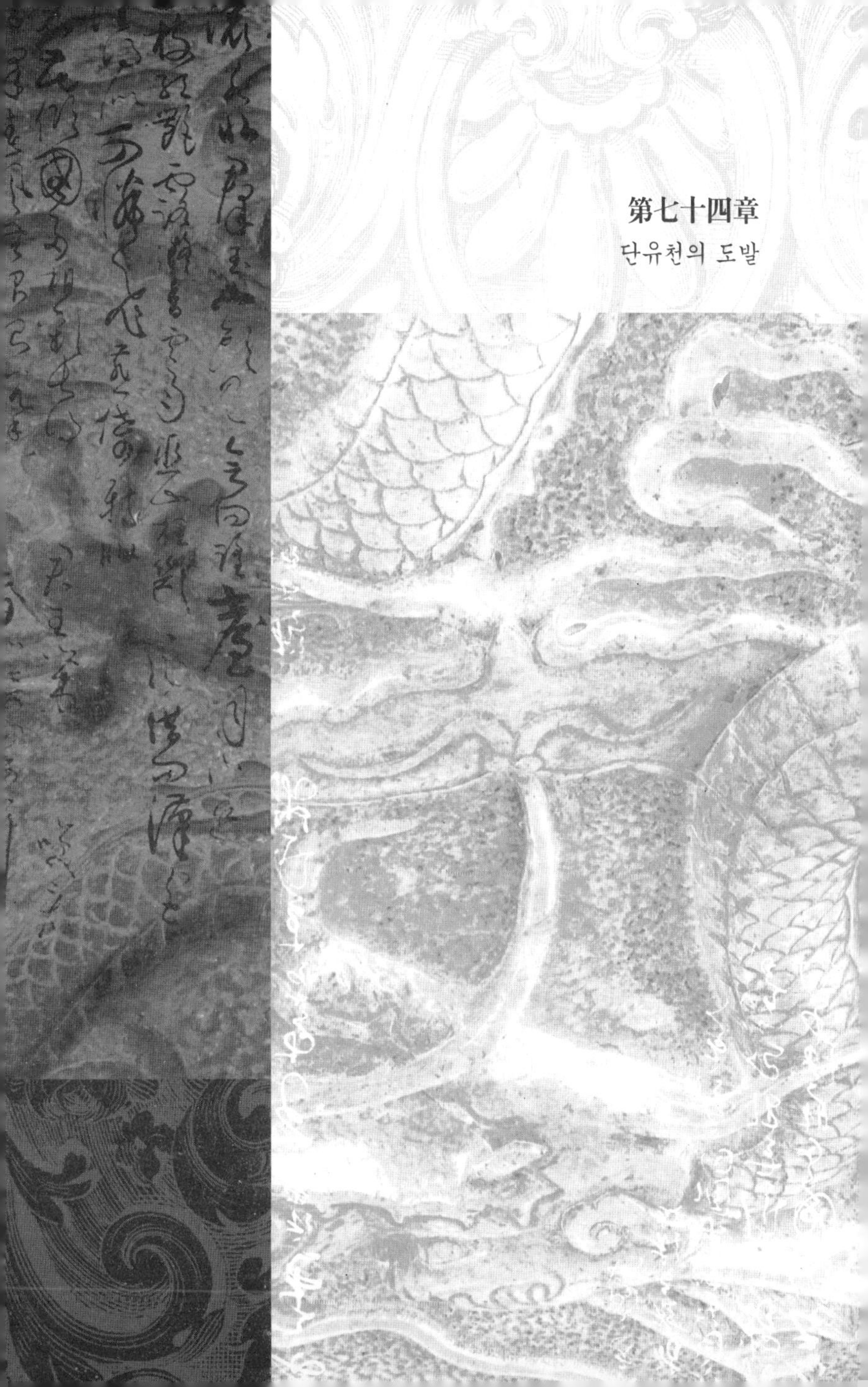

第七十四章

단유천의 도발

당도현 포구에 정박해 있는 금오로 개방의 전서구 한 마리가 날아들었다.

그리고 잠시 후에 신풍개는 허겁지겁 태무랑이 있는 선실로 달려들어 가며 외쳤다.

"이, 이봐, 태 형! 큰일 났어!"

태무랑은 선실 바닥에 앉아 운공조식을 막 끝낸 상태에서 그를 쳐다보았다.

신풍개는 급히 그에게 서찰 하나를 내밀었다.

태 형, 오늘 새벽에 단유천과 천자필사가 무령왕가에 잠입했
네. 천자필사는 생포했고 단유천은 도주했네. 급히 돌아오게.

비한.

비한이 개방의 전서구를 통해서 보낸 서찰이었다.

크게 표정이 변한 태무랑은 서찰을 움켜쥐고 그대로 선실
밖으로 달려나갔다.

*　　　*　　　*

경뢰궁주는 벽교상에게 시달림을 당하고 있었다.

하지만 흔히들 말하는 그런 시달림이 아니다. 벽교상은 태
무랑이 떠난 이후부터 경뢰궁주를 곁에 불러놓고는 한시도
다른 곳에 가지 못하도록 하고 있다.

지금 두 여자는 함께 목욕을 하는 중이다. 그런데 경뢰궁주
가 벽교상의 시중을 드는 것이 아니라 반대의 상황이 벌어지
고 있다. 벽교상이 경뢰궁주의 알몸을 씻어주고 있는 것이다.

경뢰궁주는 황송해서 좌불안석 어쩔 줄 모르지만, 벽교상
은 아랑곳하지 않고 그녀의 몸을 씻어주고 있다.

생전 다른 사람의 시중을 들어본 적이 없는 벽교상이라서
서툴기 짝이 없지만, 정성을 다하고 있다는 것만은 쉽게 알

수가 있다.

그러면서 벽교상은 쉬지 않고 종알거렸다. 그녀가 얘기하는 주제는 거의 태무랑에 대한 것이었다. 그가 얼마나 멋지고 자상한 사람인지에 대하여 입에서 침을 튀겨가며 장황하게 늘어놓았다.

그녀가 태무랑과 함께 있었던 시간은 한 시진 남짓에 불과했기 때문에 그에 대해서 많은 것을 알기에는 턱없이 부족했다.

그런데도 그녀는 마치 어릴 때부터 태무랑을 잘 알고 지냈던 것처럼 세밀하고 구체적인 것들까지 얘기했다.

하지만 그녀의 얘기는 구 할 구 푼이 자신의 상상으로 만들어낸 것이다.

태무랑에 대해서 알고 있는 것은 그와 함께 있었던 한 시진 남짓이 전부이고 기껏 일 푼 정도 아는 것에 그치지만, 그것을 부풀려 침소봉대(針小棒大)하여 '그는 이런 점은 이럴 것이고 저런 점은 저럴 것이다'라고 상상력을 극대화시켜서 얘기를 늘어놓았다.

그리고 그녀는 경뢰궁주에게 태무랑에 대해서 귀찮을 정도로 많은 것을 물었다.

그에 대해서 자세히 알고 있어야 나중에 그를 다시 만났을 때 실수하지 않고 잘해 나갈 수 있을 것이고, 그에 대해서라면 모든 것을 알고 싶어했다.

벽교상은 태무랑이 경뢰궁주를 '누나'라고 했기 때문에
그에 대해서 아주 잘 알고 있을 것이라고 믿었다.

경뢰궁주는 벽교상의 돌변한 태도로 미루어 태무랑이 그
녀를 범했을 것이라고 확신했다. 그렇지 않고서야 경뢰궁주
를 죽이겠다고 선언했던 벽교상이 이렇게까지 변할 리가 없
기 때문이다.

어쨌든 잘된 일이다. 경뢰궁주는 목숨을 건졌고, 벽교상은
더 이상 태무랑을 원수처럼 여기지 않게 되었다. 그날 태무랑
이 경뢰궁주를 만나지 않고 그냥 가버려서 내막을 알지는 못
하지만 결과가 좋아서 다행이다.

"이젠 속하가 궁주를 씻겨 드리겠습니다."

너무나 황송하게 여기던 경뢰궁주가 일어나자 벽교상이
따라 일어서며 두 손을 내저었다.

"아냐. 그럴 필요 없어."

그러면서 그녀는 묘한 표정을 지었다. 그녀 딴에는 부탁을
하는 표정인데 평생 그런 표정을 지어본 적이 없어서 잘되지
않았다.

"그리고… 속하니 궁주니 앞으로는 그런 말 하지 마."

"……."

"날 동생처럼 여겨줬으면 좋겠어. 그러니까 이제부터는 상
아라고 불러."

태무랑이 경뢰궁주를 누나라고 부르니까 그녀가 자신을 동생으로 여기는 것이 당연하다는 생각인 것이다.

경뢰궁주는 할 말을 잃어버렸다. 하늘같은 궁주의 이름을 어찌 부를 수 있겠는가.

세상물정을 잘 모르는 벽교상의 단순함이 끝을 모른 채 달리는 중이다.

"알았지? 꼭 이름을 불러야 돼?"

"궁주, 속하가 어찌 감히……."

벽교상이 엄한 표정을 지었다.

"이름을 안 부르면."

'죽여 버리겠어' 라고 말할 것 같은 표정이다.

"울어버릴 거야."

하지만 경뢰궁주의 예상하고는 완전히 다른 말이 벽교상의 새빨간 입술 사이로 흘러나왔다. 그러더니 그녀는 정말 곧 울 것 같은 표정을 지었다.

"어서 불러봐."

경뢰궁주는 할 수 없이 초강수를 뒀다.

"궁주의 이름을 부를 바에는 차라리 속하가 자결을 하겠습니다."

벽교상은 눈을 동그랗게 뜨더니 한숨을 내쉬었다.

"고집쟁이."

그러더니 그녀는 곧 커다란 동경 앞에 서서 벗은 몸을 이리 저리 비춰보며 기분 좋은 듯 콧소리를 흥얼거렸다.

"경뢰 언니, 내 몸이 예전보다 훨씬 뽀얘지고 탄력적이 됐어."

그녀는 경뢰궁주에게 자신의 이름을 부르게 하는 것을 실패한 것을 만회라도 하려는 듯 그녀를 언니라고 불렀다.

경뢰궁주는 예전에 벽교상의 나신을 본 적이 없기 때문에 비교할 수가 없다.

"그이가 치료하고 나서 이렇게 변했어. 내가 내 몸을 봐도 반할 정도야. 그이도 좋아하겠지?"

벽교상은 태무랑을 마치 남편이라도 되는 듯 거침없이 '그이' 라고 불렀다.

같은 여자인 경뢰궁주가 봐도 반할 만큼 벽교상의 나신은 완벽 그 자체였다.

"어떻게 치료를 했기에 더 아름다워지신 겁니까?"

"음, 자세한 것은 모르지만 아마도 그이의 오행지기 덕분일 거야."

벽교상은 태무랑이 오행지기로 치료했다는 것과 자신의 체내에 오행지기가 남아 있는 것을 느끼고 있었다.

"그렇군요."

고개를 끄덕이고 난 경뢰궁주는 궁금하게 여기던 것을 용기를 내서 물어봤다.

"그런데… 궁주께선 그와 무슨 일이 있었습니까?"

그러자 벽교상은 얼굴을 노을처럼 발갛게 붉히면서 수줍게 대답했다.

"그이가 내 순결을 가져갔어."

경뢰궁주는 과연 자신의 짐작이 맞았다고 생각했다. 태무랑이 벽교상과 정사를 하지 않고는 그녀가 이렇게 변할 리가 없기 때문이다.

*   *   *

당도현을 출발한 태무랑은 불과 반 시진 만에 남경 무령왕가에 도착했다.

"무랑 오라버니! 그놈, 분명히 단유천이었어요! 왼쪽 눈에 흉측한 흉터가 있더라고요!"

곧장 우장각으로 달려간 태무랑에게 은지화가 흥분해서 외치듯이 말하며 자신의 왼쪽 눈을 가리켰다.

"용모를 설명해 봐라."

태무랑은 침착하려고 애쓰면서 말했다.

은지화가 단유천의 용모에 대해서 비교적 자세히 설명을 하자 그는 고개를 끄덕였다.

"음. 단유천이 틀림없다."

"그렇죠? 틀림없다니까요?"

단유천이 무령왕가에 잠입했다면 태무랑과 옥령을 찾으려는 목적이었을 것이다.

두 사람이 이곳에 있다는 것을 단유천이 어떻게 알았는지는 중요하지 않다. 문제는 놈이 남경에 있다는 사실이다.

그러나 단유천은 목적을 이루지 못했다. 태무랑은 무령왕가에 없었고, 만약 옥령을 찾았더라면 그녀를 구해서 돌아갔을 테지 비한과 은지화를 급습했다가 함정에 빠지지는 않았을 것이다.

신풍개는 단유천이 산동성 제남에 있다고 했는데 느닷없이 이곳에 나타났다.

단유천은 옥령이 태무랑에게 납치됐다는 소식을 천자필사에게 듣고 몰래 남경에 온 것이 분명하다.

'그렇다면 놈의 다음 행보는 무엇인가?

무령왕가에 잠입했다가 목적을 이루지 못하고 오히려 혼쭐이 나서 도주한 단유천이 다음에 어떻게 나올 것인지가 궁금했다.

아니, 그보다는 먼저 해야 할 일이 있다. 단유천은 아직 남경에 있을 가능성이 크니까 놈을 찾아내는 것이 순서다.

그때 태무랑이 돌아왔다는 소식을 듣고 수월화와 우장오

위 다섯 명이 우장각으로 달려들어 왔다.

"명운, 즉시 화장(畫匠:화가)을 데려와라."

단유천의 전신(傳神:초상화)을 그려서 군사들에게 나누어 주어 그를 찾아내려는 것이다.

"천자필사는 어디에 있나?"

"가세. 안내하겠네."

태무랑의 물음에 비한이 앞장섰다.

천자필사는 좌장각 지하 석실에 혈도가 제압된 채 감금되어 있었다.

그러나 태무랑은 천자필사를 제대로 알아보지 못했다. 얼굴과 몸에 화상을 입고 있었기 때문이다.

그녀는 얼굴의 화상이 가장 심했다. 완전히 일그러져서 쳐다보는 것만으로도 눈살이 찌푸려졌다.

그 외엔 왼쪽 어깨와 옆구리, 왼팔에 조금 심한 화상을 입었으며 다른 곳은 괜찮았다.

만약 그녀가 인공 숲 안에서 기름을 뒤집어쓴 채 불에 타지 않았다면 그렇게 쉽사리 비한에게 제압당하지는 않았을 것이다.

천자필사는 아무것도 입지 않은 나신으로 구석에 엎드린 자세로 쓰러져 있었다.

인공 숲 속에서 화약이 섞인 기름을 뒤집어썼을 때 옷을 벗어 던진 이후 심한 화상을 입은 채 그대로의 모습이다. 비한은 그녀를 치료해 주지도 않았다.

그녀가 누군지 잘 알고 있는 비한은 치료를 해줄 만큼 자비로운 마음이 아니다.

지하 석실에는 태무랑과 비한만 내려왔다. 비한이 천천히 다가가서 천자필사의 아혈을 풀어주고는 벽에 기대어 똑바로 앉혔다.

우뚝 서 있는 태무랑을 발견한 천자필사의 눈빛이 가볍게 흔들리더니 곧 지독한 원한으로 이글거렸다.

태무랑은 무심한 표정과 목소리로 입을 열었다.

"단유천이 어디에 있는지, 그리고 놈의 계획을 말해준다면 곱게 죽여주겠다."

그는 아예 죽인다는 것을 전제로 물었다. 예전에 그는 천자필사를 놓아줄 때 다시 눈에 띄면 죽이겠다고 경고했으며, 그녀는 그러지 않겠다고 약속했다.

천자필사는 눈에서 살기를 뿜어내며 씹어뱉었다.

"개소리 집어치우고 어서 죽여라."

태무랑은 잔인한 미소를 머금었다.

"그렇다면 네년의 심지를 제압해서 실토를 받는 수밖에 없겠군."

천자필사의 표정이 당황함으로 급변했다. 심지를 제압당하면 자신의 의지하고는 상관없이 알고 있는 모든 사실을 술술 불어버릴 것이다.

그때 태무랑은 입을 다물고 있는 천자필사의 어금니에 잔뜩 힘이 들어가는 것을 발견하고는 뭔가 심상치 않음을 깨닫고 급히 달려가 아혈을 제압하고 강제로 입을 벌렸다.

아니나 다를까, 그의 짐작대로 천자필사는 그 짧은 순간에 혀를 깨물어 버렸다.

혀의 절반 정도가 뚝 잘라진 채였으며 입안이 피로 가득했다. 입을 벌리자 잘라진 혀 절반과 피가 석실 바닥으로 툭 떨어졌다.

태무랑은 재빨리 그녀의 입속으로 손가락을 집어넣어 혀의 안쪽 뿌리 부위를 누르고 턱 아래쪽 두 군데를 눌러 지혈을 시켰다.

심지를 제압하더라도 혀가 없으면 말을 할 수가 없다. 즉, 실토를 못한다.

또한 그녀가 전음으로 실토하려면 제정신이어야 하는데 그 상태에서는 실토할 리가 만무하다.

그러므로 결국 그녀에게서 단유천에 대해서 알아내는 것 자체가 불가능해졌다는 뜻이다.

천자필사는 입에서 피를 줄줄 흘리는 섬뜩한 모습으로 태무랑을 쳐다보며 득의한 미소를 지었다.

어디 이제 네 마음대로 해보라는 듯한 미소다. 결국 죽일 수밖에 없을 것이라는 여유다.

"독종이로군."

비한이 천자필사를 굽어보며 어이없다는 듯 중얼거렸다.

콱!

태무랑은 천자필사에게 다가가 그녀의 머리카락을 움켜잡고는 번쩍 쳐들었다.

그는 두 발이 허공에 떠서 대롱거리는 그녀의 상체 십여 군데 혈도를 재빨리 점했다.

파파파팍!

"……!"

천자필사는 흠칫 놀라 눈을 커다랗게 떴다. 태무랑이 방금 자신의 무공을 폐지한 것을 깨달은 것이다.

이어서 태무랑은 그녀의 아랫배 단전에 손바닥을 밀착시키고 약간의 공력을 주입시켰다.

퍼억!

둔탁한 음향이 나면서 그녀의 단전이 터져 버렸다. 다시 말해서 단전에 축적된 공력이 순식간에 깡그리 소멸되어 버린 것이다.

그로써 그녀는 그 단전에 다시는 공력을 축적하지 못할 것이며, 따라서 죽을 때까지 무공을 회복하지 못할 것이다. 그리고 무공을 익히지도 못하는 신세가 되어버렸다.

부르르.

천자필사는 몸을 격렬하게 떨며 태무랑을 노려보았다. 그러나 조금 전에 노려보던 눈빛하고는 근본적으로 달랐다. 지금의 눈빛은 추호도 힘이 실려 있지 않았다.

오히려 눈물이 그렁그렁 고여 있었다. 분노를 뿜어내는 데도 공력이 있을 때와 천양지차다. 분노 대신에 눈물이 차오르고 있었다.

태무랑은 여전히 그녀의 머리카락을 움켜잡고 들어 올린 채 잔인한 미소를 지었다.

"죽기를 원하느냐? 천만에, 이제 네년에게 어울리는 삶을 선물해 주겠다."

태무랑이 천자필사에게 옷을 입혀 우장거로 데리고 와서 시녀장에게 넘긴 후에야 신풍개가 도착했다. 그는 당도현에서 태무랑과 함께 출발했는데 경공이 늦다 보니 이제야 도착한 것이다.

태무랑은 신풍개에게 지금의 상황에 대해서 간략하게 설명을 한 후에 단유천을 찾으라고 다시 내보냈다.

그리고는 대기하고 있던 화장에게 단유천의 용모를 자세

히 설명하여 그의 전신을 그리게 했다.

죽어서 한 줌의 재가 되더라도 단유천을 잊을 수 없는 태무랑의 설명은 완벽했고, 화장의 그림 솜씨는 더 완벽했다.

태무랑은 완성된 전신을 될 수 있는 대로 많이 그리게 해서 군사들에게 나누어 주고 또 개방 남경지부에도 갖다 주라고 지시했다.

그러고 나서 그는 이번에는 형구의 모습으로 변신하고는 우경도와 함께 직접 남경 성내로 나갔다.

태무랑은 밤이 이슥해질 때까지 단유천을 찾아 성내를 헤맸으나 아무런 성과가 없었다.

남경 성내가 넓기는 하지만 서너 시진을 돌아다니면 성내 구석까지 몇 번이나 살필 수가 있다. 하지만 단유천은커녕 단서가 될 만한 아무것도 찾지 못했다.

그제야 그는 자신이 너무 무작정 헤매고 다녔다는 사실을 깨닫고 그 길로 신풍개를 만나러 갔다.

"그야 벽뢰도문인데 싸움이 시작되자마자 철화천궁에게 일착으로 멸문당했지."

태무랑이 과거 무극신련 남경지파가 어디냐고 묻자 신풍개가 그렇게 대답했다.

“옥령이 있던 자인원이 벽뢰도문 소유였지?”

“그렇다네.”

“그럼 남경 성내에 벽뢰도문 소유의 장원이나 점포 같은 것이 더 있지 않겠느냐? 잔당도 남아 있을 테고.”

신풍개는 고개를 끄덕였다.

“아마 있겠지.”

“알아봐 다오.”

“뭐하게?”

옆에 서 있던 우경도가 답답하다는 듯 대신 설명했다.

“단유천으로선 남경에 아는 자가 벽뢰도문 인물뿐이지 않겠는가?”

신풍개는 눈을 크게 떴다.

“그놈이 벽뢰도문 소유의 장원 같은 곳에 숨어 있을 거라는 말인가?”

“단유천은 혼자가 아닐 게야. 수하들도 있을 테니까 많은 인원이 머물려면 객잔 같은 곳이 아니라 장원이어야 할 걸세. 수가 많다면 몇 개의 장원에 분산해서 묵을 것이고, 그러니까 벽뢰도문하고 관계가 있는 것은 모두 수배를 해야 한다는 말일세.”

“그, 그렇군!”

신풍개는 그제야 말귀를 알아듣고 화들짝 놀라며 급히 뇌성개를 찾았다.

"뇌성개!"

"분타주는 조금 전에 나갔습니다."

남경분타 부분타주가 공손히 대답했다.

"어딜 나가?"

"벽뢰도문에 대해서 조사하신다고 제게 전음을 남기셨습니다. 한시라도 빨리 알아봐야 하신다면서……."

신풍개는 멋쩍은 표정으로 태무랑과 우경도를 쳐다보며 두 팔을 벌려 보였다.

"헤헤, 뇌성개가 나보다 낫군."

단유천과 천자필사의 무령왕가 잠입 사건이 벌어진 지 열흘이 지났으나 남경 성내 어디에서도 그의 모습은커녕 흔적조차 발견되지 않았다.

그렇지만 개방 남경분타와 무령왕가의 군사들은 포기하지 않고 남경 성내의 수색을 계속하고 있다.

무령왕가는 겉으로는 평상시와 다를 바 없이 평화로워 보였다. 단지 변한 것이라곤 좌장각 앞의 인공 숲이 있던 자리가 넓은 공터로 변한 것뿐이다. 불타서 잿더미가 된 인공 숲을 말끔히 치워 버린 것이다.

그사이에 무령왕가에서는 한 가지 큰 발표와 작은 변화가 있었다.

큰 발표는, 무령왕이 태무랑과 수월화의 혼인날을 이번 중추절로 잡았다는 사실이다.

그리고 작은 변화는, 태무랑의 거처인 우장각 삼층에 한 명의 시녀가 더 늘었다는 것이다.

그녀는 천자필사인데, 열흘 동안 우장거의 시녀장에게 집중적으로 시녀 교육을 받은 후에 오늘 우장각 삼층에 시녀로 배속되었다.

무령왕가는 보름 앞으로 다가온 태무랑과 수월화의 혼인 준비로 안팎이 분주하고 떠들썩한 와중에 또 하루가 지나가고 있었다.

태무랑은 해시(亥時:밤 10시)가 돼서야 무령왕가로 돌아왔다.

그가 우장각으로 들어서자 연락을 받은 검호가 삼층에서 급히 달려 내려왔다.

"주군, 경뢰궁주라는 여자가 오래전에 찾아와서 기다리고 있습니다."

태무랑은 가볍게 표정이 변했다. 경뢰궁주가 개인적인 일로 무령왕가까지 직접 태무랑을 만나러 올 리가 없다. 그렇다면 공적이고 중요한 일이 분명할 터이다.

검호는 경뢰궁주를 우장각 이층에서 기다리도록 했다. 그가 태무랑에게 경뢰궁주에 대해서 들었기 때문에 가능한 일이지, 그게 아니라면 그녀는 무령왕가 내에 한 발자국도 들여놓지 못했을 것이다.

"태 공자!"

태무랑을 발견한 경뢰궁주가 급히 일어나서 달려왔다. 그녀의 표정이 매우 다급한 것을 발견한 태무랑은 자신의 짐작이 맞았다고 생각했다.

"무슨 일이야?"

"궁주의 서찰을 갖고 왔어요."

"올라가자."

태무랑이 앞서 삼층으로 향한 계단으로 걸어가자 경뢰궁주가 그의 팔을 잡으며 서찰을 내밀었다.

"그럴 여유가 없어요. 어서 서찰부터 읽어봐요."

태무랑은 그녀의 행동에서 자신이 짐작했던 것보다 훨씬 더 다급함을 느끼고 즉시 서찰을 읽었다.

낭군(郎君)님, 보시어요. 무극신련 고수 이만여 명이 남진(南進)하는 중이며, 현재 흥화(興化)까지 이른 것이 본 궁의 수하들에 의해서 확인되었어요. 그들의 목적이 무엇이든 낭군님께나 소녀에게나 흉사(凶事)임에는 틀림없으니 속히 대책을 강구하셔야

할 것 같아요. 원컨대 낭군님께서 소녀에게 오셔서 함께 대책을
논의하시는 것이 좋을 듯해요.

벽교상 올림.

서찰을 읽고 난 태무랑은 안색이 급변했다. 너무 엄청난 일
이라서 벽교상이 태무랑을 '낭군'이라고 칭한 것은 눈에 들
어오지도 않았다.

무극신련 고수 이만여 명이면 엄청난 수다. 그들이 남진하
고 있다면 목적지는 필경 남경일 것이다.

열흘 전에 단유천이 무령왕가에 잠입했다가 뜨거운 맛을
보고 구사일생 탈출했으므로 놈의 목적은 무령왕가일 가능성
이 높다.

그러나 무령왕가에 상주하고 있는 군사 수는 이천여 명에
불과한 정도다.

그들로는 무림고수 이만여 명을 절대로 막아낼 수 없다. 그
러므로 이 싸움은 해보나마나 결과가 이미 나와 있다.

"홍화가 어디지?"

"남경에서 불과 백오십여 리에요. 내일 동틀 녘이면 도착
할 거예요."

무령왕이 거느리고 있는 사병은 오만 명이지만 남경에서
남쪽으로 백여 리 거리인 대모산(大矛山) 훈련지에 주둔하고

있다.

그러나 군사는 무림고수와는 달라서 경공을 모르기 때문에 지금 출발한다고 해도 남경까지 족히 이틀 이상 걸릴 것이다. 더구나 대규모 군사가 이동을 하면 시간이 더 소요될 터이다.

무림은 관, 더구나 황실하고는 절대로 충돌하지 않는 것이 불문율로 굳어 있다.

그런데 단유천이 그것을 깨려 하고 있다. 그만큼 분노하고 있다는 뜻일 게다.

하지만 이판사판 되는대로 행동하는 것은 아닐 것이다. 태무랑이 아는 한 단유천은 그런 막무가내 성격이 아니다. 오히려 반대로 질릴 정도로 치밀한 성격이다.

그러므로 그는 필경 어떤 생각, 아니, 깊은 음모를 꾸미고 있을 것이다.

무극신련의 이만여 고수가 동틀 녘에 남경에 당도한다면 지금부터 네 시진도 채 남지 않았다. 그전에 대책을 세워두지 않으면 안 된다.

태무랑이 돌덩이처럼 굳은 얼굴로 생각에 잠겨 있을 때 경뢰궁주가 조심스럽게 의견을 말했다.

"궁주를 만나보는 것이 어때요? 궁주께선 무극신련의 목표가 남경지부일 수도 있다고 생각해요."

"그렇군."

태무랑은 고개를 크게 끄덕였다. 단유천이 이만여 명이라는 고수를 동원했다면 두 군데 눈엣가시를 목표로 삼았을 가능성이 크다.

"단유천은 무령왕가와 철화천궁 남경지부를 동시에 쓸어버리려는 것이다."

그리고는 곧 고개를 갸웃거렸다.

"하지만 무령왕가를 짓밟고 나서 그 후에 벌어질 일을 그놈은 어떻게 감당하려는 것이지?"

거기에 대해서는 경뢰궁주도 검호도 짐작이 가는 바가 전혀 없었다.

태무랑은 우선 이 사실을 무령왕에게 보고하고 나서 벽교상을 만나보기로 했다.

태무랑은 경뢰궁주를 앞세워서 우경도와 함께 철화천궁 남경지부에 도착했다.

그는 거기까지 형구의 얼굴로 왔다가 전문 앞에서 진면목을 되찾고 안으로 들어섰다.

"어서 오세요."

태무랑이 왔다는 말을 전해 들은 벽교상은 한달음에 마당까지 달려나와 반갑게 그를 맞이했다.

그녀는 태무랑을 보자 얼굴을 붉히며 부끄러운 듯, 그러나

보고 싶었다는 듯한 묘한 표정을 지었다.

"무극신련 고수들이 분명하냐?"

그러나 태무랑의 입에서 나온 첫마디는 현실적인 딱딱한 얘기였다.

벽교상은 태무랑이 그래도 열하루 만에 만났는데 따뜻한 말 한마디라도 해줄 것이라고 기대했다.

하지만 그녀는 실망하는 마음을 애써 감추고 태무랑을 안으로 안내하여 술상을 내오도록 했다.

그녀는 태무랑 옆에 앉으려고 했는데 우경도가 먼저 앉는 바람에 뜻을 이루지 못하자 맞은편에 앉았고, 경뢰궁주가 그녀의 뒤에 섰다.

태무랑은 아까 마당에서 물은 질문에 대한 대답을 그때까지도 듣지 못하자 답답함을 느껴서 표정과 목소리가 돌처럼 단단하고 차가워졌다.

"대답을 들으려면 아직 더 기다려야 하느냐?"

"……."

벽교상은 태무랑의 목소리가 조금 커지고 고압적이 되자 깜짝 놀란 얼굴로 그를 바라보았다.

열하루 전까지만 해도 그녀는 이 정도에 놀라는 여자가 절대 아니었다.

그녀는 이 넓은 천하에서 오직 단 한 사람에게만 자존심 등 모든 것을 굽히기로 결심했는데, 방금 그 사람에게서 호통을 들은 것이다.

경뢰궁주는 깜짝 놀랐다. 벽교상의 두 눈에 눈물이 그렁거리는 것을 발견했기 때문이다.

그녀가 태무랑에 대한 원한을 말끔히 접고 오히려 좋아하게 됐다는 사실은 알게 되었지만 이 정도일 줄은 예상하지 못했다.

놀란 사람은 경뢰궁주만이 아니다. 상대가 철화빙선이라는 사실을 알고서 따라온 우경도는 태무랑이 그녀를 거침없이 대한다는 것과 그녀가 주눅 든 듯 꼼짝도 하지 못하는 것에 크게 놀라고 당황했다.

경뢰궁주와 우경도는 바짝 긴장했다. 태무랑과 벽교상이 정사를 했다고 믿는 경뢰궁주는 과연 벽교상이 생전 처음 당해보는 이런 모멸감을 참아낼 수 있을까 하는 것 때문이고, 아무것도 모르는 우경도는 혹을 떼러 왔다가 외려 붙이고 가는 것이 아닌가 하여 조마조마했다.

벽교상은 태무랑의 쏘는 듯한 시선을 잠시 마주 바라보더니 사르르 눈을 내리깔았다.

"지금 홍화를 지나고 있는 이만여 명은 무극신련 고수들이 분명해요."

그녀의 반응에 경뢰궁주와 우경도는 각기 다른 의미에서

내심 안도의 한숨을 내쉬었다.

"그걸 어떻게 알았지?"

벽교상은 태무랑이 계속 냉랭하게 대하자 원망스럽다는 듯 그를 바라보며 입술을 삐죽거렸다. 눈이 붉어지는 것이 곧 울 것 같았다.

'저런, 이제 보니 궁주께선 태 공자를 사랑하고 계신 것이 분명하군.'

경뢰궁주는 그 사실을 깨닫고 뭔가 조치를 취하지 않으면 큰일이 날 것이라는 예감이 들었다.

[태 공자, 계속 그런 식으로 궁주를 몰아붙이면 그녀에게서 아무 대답도 듣지 못할 뿐만 아니라 오히려 애써 좋게 만든 상황을 악화시키게 될 거예요. 도대체 무엇 때문에 궁주에게 차갑게 대하는 건가요?]

벽교상 뒤에 서 있는 경뢰궁주가 마치 누나인 듯 은근히 태무랑을 꾸짖는 전음을 보내자 그는 내심 씁쓸한 실소를 금치 못했다.

경뢰궁주의 말이 옳다. 열하루 전의 그는 벽교상과의 관계를 좋게 하려고 일부러 여기까지 찾아와서 여러 모로 공을 들였지 않았는가.

그것을 이제 와서 자신의 무심한 언행 때문에 깨는 것은 어리석다는 생각이 들었다.

태무랑은 새삼스럽게 벽교상을 쳐다보았다. 그녀는 자못 자닝스러운 표정으로 무릎에 얹은 두 손을 만지작거리고 있는데 붉어진 눈에는 벌써 눈물이 고여 있었다.

태무랑은 그녀의 그런 모습을 새삼스럽게 발견하고는 내심 적잖이 놀랐으며, 대체 무엇이 벽교상을 이렇게 변화시킨 것인지 궁금해졌다.

그는 자신이 그녀의 순결을 가져갔다고는 꿈에서도 생각하지 않고 있었다.

하지만 그의 성격은 강퍅하고 제멋대로인 여자에겐 냉정하지만, 지금 벽교상처럼 슬픔을 가누지 못할 듯이 보이는 여자에겐 독하지 못하다.

그는 다소 풀어진 얼굴로 엷은 미소를 지으면서 자신의 옆자리를 손바닥으로 가볍게 두드렸다.

"상아, 이리 오너라."

그러자 벽교상은 자신의 귀를 의심하는 듯한 표정을 짓더니 금세 환하게 미소 지으며 발딱 일어나 태무랑 옆에 바짝 붙어 앉았다.

그녀가 다가오는 것을 본 우경도는 깜짝 놀라서 벌떡 일어나 태무랑 뒤에 섰다.

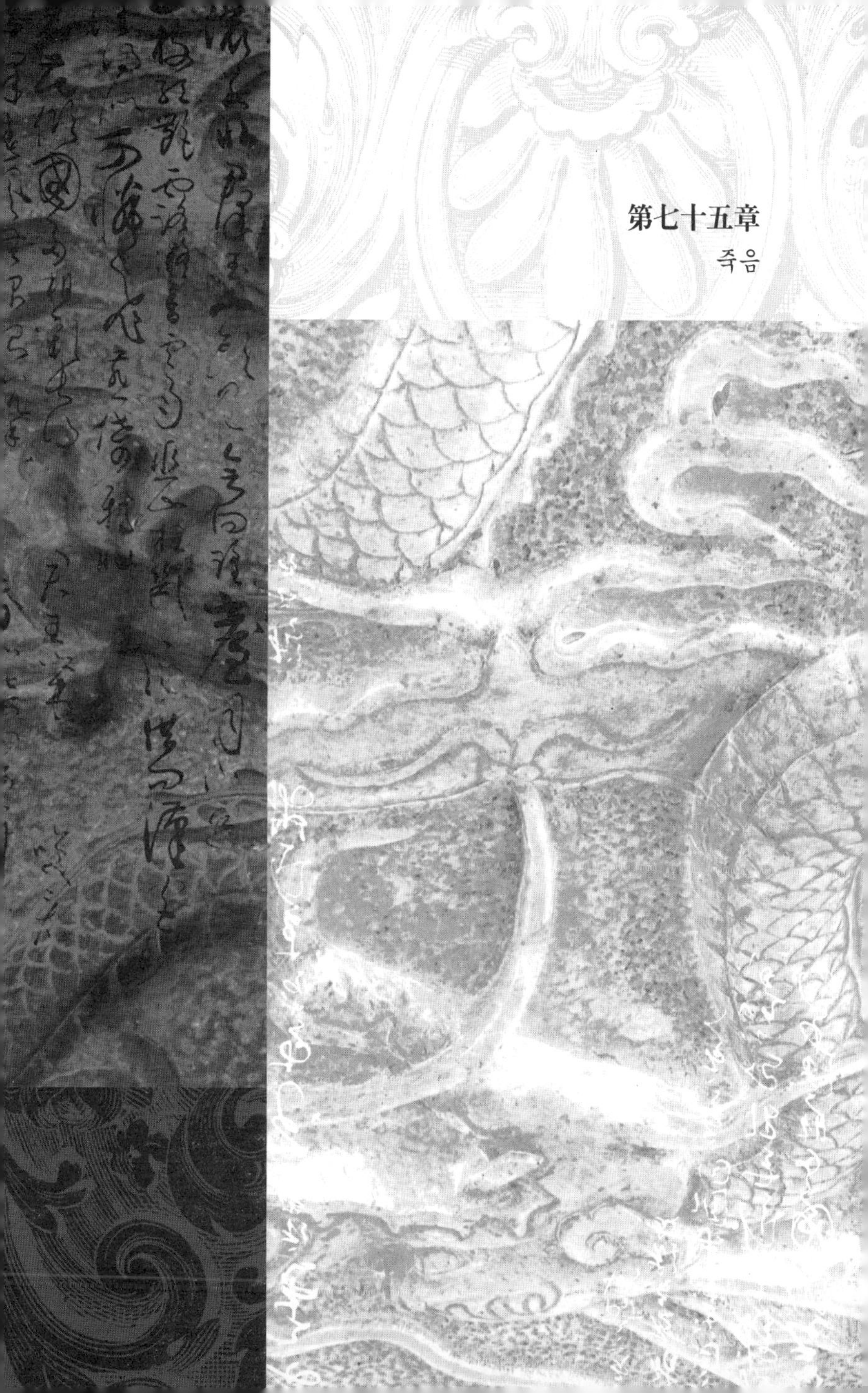

第七十五章

죽음

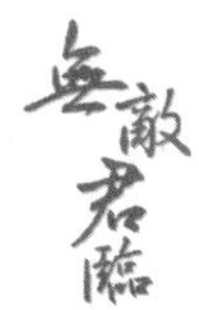

  벽교상의 설명을 듣고서야 태무랑은 어째서 무극신련 고
수들이 이만여 명이나 남경을 향해 남진하고 있는데도 개방
이 모르고 있었는지 이해하게 되었다.

  그들은 제남을 출발하여 곧장 남진하지 않고 흩어져서 서
쪽으로 수백 리쯤 갔다가 안휘성 한복판에서 남진을 하는 편
법을 썼다.

  이후 남경이 지척으로 가까워지자 다시 동진하여 흥화에
서 집결한 것이다.

  그곳에서는 남경이 지척이니까 모습을 드러내도 된다고

판단한 듯하다.

무림고수들이 제남에서 남경까지 오는 데에는 닷새에서 엿새면 충분한 거리다.

그러나 그들은 안휘성으로 크게 우회를 했기 때문에 열흘이나 걸렸던 것이다. 빨리 오는 것이 중요한 것이 아니라 은밀함을 요했기 때문이다.

또한 그들은 장사치나 농사꾼 등으로 변장을 했으며, 열 명 이하의 소수로 나누어서 행동을 했기 때문에 추호도 의심을 사지 않았다.

이제 남은 문제는 그들을 어떻게 상대하느냐는 것이다. 이미 불은 발등에 떨어졌다.

그즈음 벽교상의 지시로 탁자에 근사한 술상이 차려졌으나 아무도 손을 대지 않았다. 술이 목으로 넘어갈 분위기가 아닌 것이다.

하지만 무극신련 고수 이만여 명의 공격보다는 태무랑을 다시 만났다는 사실에 더 흥분하고 있는 벽교상으로서는 어떻게든 분위기를 화기애애하게 만들고 싶었다.

경뢰궁주는 그런 그녀의 마음을 진작부터 눈치채고 있었다. 그녀가 태무랑의 잔에 술을 가득 따라서 앞에 갖다 놓고, 또 맛있는 요리를 태무랑에게 주려고 여러 차례나 젓가락으로 집었다 놓았다 반복하는 것을 보고 짠한 마음이 된 사람은 경뢰궁주 한 사람뿐이었다.

하지만 그녀는 벽교상이 현재의 긴박한 상황을 현명하게 대처할 생각은 하지 않고 태무랑에게만 집착하는 것이 잘못이라고 생각했다.

그녀의 마음을 이해하지 못하는 것은 아니지만 왠지 평소와는 전혀 다른 그녀를 보면서 경뢰궁주는 착잡함과 안쓰러움을 떨치지 못했다.

경뢰궁주를 빼곤 아무도 그녀의 행동을, 그리고 마음을 이해하지 못할 것이다. 그녀가 얼마나 외곬이며 또한 순수한지를 말이다.

하지만 그녀가 제정신을 차리지 못하면 더 이상 진도가 나가지 못할 것이다. 그리고 태무랑은 아무런 소득도 없이 돌아가야만 한다.

또한 벽교상은 사랑하는 정인(情人)을 떠나보내야만 한다. 그런 일이 일이나지 않게 히려면 경뢰궁주가 어떻게든 손을 써야만 하는 상황이다.

[태 공자, 지금 궁주의 눈에는 오직 당신만 보여요. 그녀는 당신을 다시 만난 것을 몹시 기뻐하고 있어요.]

태무랑은 뜬금없는 경뢰궁주의 전음을 듣고 벽교상과 경뢰궁주를 번갈아 쳐다보았다.

경뢰궁주는 단도직입적으로 말해야겠다고 생각했다.

[이제 궁주는 당신의 여자잖아요. 그러는 것이 당연해요.]

태무랑은 가볍게 눈살을 찌푸렸다.

[무슨 소리야?]

[당신이 궁주의 순결을 가져갔잖아요.]

[…….]

그 대목에서 태무랑은 말문이 막혔다. 순결이라니? 얼토당토않은 말이기 때문이다.

그때 태무랑의 뇌리를 스치는 한 가지가 있었다. 벽교상을 치료할 당시에 그녀의 옥문에서 쏟아져 나온 핏덩이를 기억해 냈다.

그때는 치료에 열중하느라 그냥 무심히 봐 넘긴 일이다. 하지만 지금 돌이켜 생각하니 그것은 분명히 벽교상의 앵혈(鶯血)인 것 같았다.

즉, 그때 그녀는 순결을 잃었던 것이다. 하지만 치료를 하는 과정에 일어난 일이므로 어쩔 수가 없다.

그렇지만 그것은 순전히 태무랑 입장에서의 견해다. 그는 당사자인 벽교상에게는 그 일이 얼마나 중차대한지 아직 깨닫지 못했다.

[궁주는 당신을 남편으로 여겨요.]

'설마…….'

태무랑은 어이없는 표정을 지었다. 단지 치료를 해주었을 뿐인데 벽교상의 남편이 되다니, 은혜를 베풀었는데 물귀신처럼 늪 속으로 끌고 들어가는 경우다.

경뢰궁주가 차분한 목소리로 전음을 보냈다.

[여자를 잘 다룰 줄 아는 것도 능력이에요. 여자를 모르고는 큰일을 할 수 없어요.]

태무랑은 경뢰궁주를 쳐다보았다. 그녀는 지혜로운 눈빛으로 가볍게 고개를 끄덕였다.

태무랑은 그녀의 말을 충분히 이해했다. 천하의 사람 중에 절반은 여자다. 모든 일에 여자가 개입되어 있다. 그러므로 여자를 모르고는, 아니, 다룰 줄 모르면 매사에 지장이 있을 것이다.

그 좋은 예가 수월화다. 만약 태무랑이 그녀와의 관계를 순탄하게 이끌지 못했더라면 지금의 위치에 이를 수 없었을 것이다.

하지만 그것은 수월화의 성품이 태무랑의 마음에 들었기 때문이다. 반면에 벽교상은 외려 태무랑이 꺼리는 성격이다. 그러므로 그녀에게 정이 가지 않는 것은 인지상정이 아니겠는가.

[태 공자는 마음에 드는 적하고만 싸울 생각인가요?]

그때 경뢰궁주의 한마디가 결정적으로 태무랑의 마음을 흔들었다. 아니, 고정관념을 깨뜨리는 계기가 되었다.

　무림에서 활동하다 보면 마음에 드는 적하고만 싸울 수는 없다.

　아니, 그 반대로 싸움을 하게 되는 적은 절대 다수가 마음에 들지 않는 자들뿐이다.

　즉, 골라서 입맛에 맞게 싸울 수는 없으며, 세상 이치가 그렇다는 것이다.

　지금 이 상황도 그와 마찬가지다. 벽교상이 마음이 들지 않는다고 계속 퉁명스럽게 굴다가는 아무 소득도 얻지 못하게 될 것이다.

　그것은 불을 보듯 명약관화하다. 그러므로 일의 원만함을 위해서 언행을 맞춰가는 것, 즉 처세술(處世術)이 절대적으로 필요한 때다.

　태무랑은 지금껏 살아오면서 마음 내키는 대로 행동했지 처세술 같은 것은 배운 적도 해본 적도 없다.

　인간이 짐승하고 다른 점은 생각을 한다는 것이고, 다른 인간들과 더불어서 살아간다는 사실이다. 절대 독불장군으로는 살 수가 없다.

　'그렇군. 나는 여태까지 지나치게 독불장군이었어.'

　모르는 것이 많으므로 깨우칠 것도 많다. 그는 뜻하지 않게 자신의 인생에서 매우 필요한 이치를 이런 곳에서 깨닫게 되었다.

탄탄대로가 뚫려 있는데도 일부러 험준한 산중을 뚫고 갈 필요는 없다.

그는 손을 뻗어 술잔을 집어 들고 단숨에 마셨다. 그리고 빈 잔을 내려놓으면서 슬쩍 보니 벽교상이 두 손을 가슴에 모으고 더없이 기쁜 표정을 짓고 있었다.

"여기……."

급히 맛있는 요리를 집어 태무랑의 입 앞에 대어주는 그녀의 얼굴에 기대감이 가득했다.

그리고는 태무랑이 입을 벌려 받아먹자 그녀는 세상을 다 가진 듯 행복한 표정을 지었다.

태무랑은 요리를 씹으면서 벽교상을 쳐다보았다.

그녀는 수줍은 듯하면서도 행복한 미소를 지으며 태무랑을 바라보며 얼굴을 붉혔다. 그리고 한없는 순종의 표정과 자세를 취했다.

"맛있구나."

태무랑이 미소를 지으며 고개를 끄덕이자 그녀는 더욱 기쁜 표정으로 옆에 찰싹 달라붙으며 콧소리를 냈다.

"낭랑(郎郎), 무극신련 놈들 어떻게 하죠? 낭랑께서 말씀하시면 소녀는 무조건 따르겠어요."

그녀는 태무랑을 대놓고 남편으로 호칭했다. 하지만 그건 어쨌든 상관없다.

태무랑으로선 길게 에둘러서 얘기할 필요 없이 술 한 잔과 요리 한 점을 받아먹는 것으로 얘기가 끝났다. 이렇게 쉬운 방법을 진작 알았더라면 벽교상에게 퉁명스럽게 굴지 않았을 것이다.

예상 외로 벽교상은 참 알기 쉬운 성격의 소유자였다. 복잡하고 까다로운 것보다는 그 편이 훨씬 좋다.

"너희 쪽에 당장 운용할 수 있는 세력이 얼마나 되느냐?"

벽교상은 태무랑 곁에 꼭 붙어서 아름다운 눈을 깜빡거리다가 입술을 나풀거렸다.

"이곳 남경지부에 소속된 천 명하고 소녀가 이끌고 있는 선위단이 있어요."

경뢰궁주가 선위단에 대해서 설명했다.

"선위단이란 일선, 이위, 삼단인데 봉화십선 열 명과 철화태상위 백 명, 철화군단 천 명을 가리키는 거예요."

태무랑은 고개를 끄덕였다.

"그들과 남경지부 천 명을 비교하면 어떻지?"

"그야 물어볼 것도 없이 선위단이 열 배 이상 강해요."

"열 배 이상 강하다. 좋아, 그 정도면."

태무랑은 어떻게 해볼 수 있을 것 같아서 주먹을 힘껏 움켜쥐었다.

벽교상이 철철 넘치는 술잔을 들어 태무랑에게 주며 애교가 담뿍 담긴 목소리로 말했다.

"지금 즉시 항주에 전서구를 보내면 본 궁에서 이천 명을 보낼 거예요. 그럼 늦어도 내일 정오 무렵에는 이곳에 도착할 수 있어요."

태무랑은 술을 마시고 나서 물었다.

"그 이천 명은 항주 철화천궁 본 궁의 전체 세력인가?"

"네."

그는 자신의 손에 쥐고 있는 빈 잔에 술을 따르려는 벽교상의 손에서 술병을 받아 직접 술을 따르고 그것을 그녀에게 주었다.

"아……."

설마 자신에게 술을 줄 것이라고는 예상하지 못한 그녀는 깜짝 놀라는 표정을 지었다.

경뢰궁주는 자신의 말에 태무랑이 뭔가를 깨달았다는 사실을 알고 흐뭇한 미소를 지었다. 그녀는 과연 자신의 눈이 틀리지 않았다고 생각했다.

그녀는 태무랑에게 사태를 판단하는 냉철함과 깨달음을 실행하는 현명함이 있다고 생각했다.

태무랑은 벽교상이 요조숙녀처럼 조심스럽게 술을 마시는 것을 보면서 여태까지 알고 있던 그녀하고는 천양지차라는 사실을 깨달았다. 그걸 보면서 무릇 물건이나 사람이나 쓰는 사람에 따라서 그 용도가 크게 달라진다는 사실을 더불어 깨달았다.

그리고 또 다른 하나를 깨달았다. 사람이 어떻게 행동하느냐에 따라서 그 사람이 증오스럽기도 하고 예뻐 보이기도 한다는 사실을.

벽교상은 여태껏 고치에 들어 있는 번데기였다가 그것을 깨고 나와 아름답게 날갯짓하는 나비 같았다.

만약 태무랑이 그녀에게 손을 내밀지 않았더라면 그녀는 지금까지도 번데기로 남아 있을 것이다.

"철화천궁 본 궁의 세력을 모조리 빼내오면 안 된다. 그럼 그곳이 위험해질 수도 있다."

벽교상이 다 마시고 새로 따라서 두 손으로 건네는 술잔을 받으면서 태무랑이 조용히 중얼거렸다.

말인즉, 본 궁의 세력을 전부 항주로 돌렸다가 단유천이 또 다른 수작을 부려서 제남에 남은 세력으로 항주의 본 궁을 공격한다면 속수무책이 돼버린다는 뜻이다.

"그렇군요. 그럼 어떻게 하죠?"

"음……."

태무랑은 술잔을 손에 쥐고 잠시 생각에 잠겼다.

벽교상과 경뢰궁주는 그가 어떤 결정을 내리기를 조심스러운 표정을 지으면서 기다렸다.

이윽고 그는 술을 입에 털어 넣고 나서 가볍게 고개를 끄덕이며 말했다.

"내가 서찰을 하나 써줄 테니까 그것을 절정문에 전해줄 수 있겠느냐?"

"절정문이요?"

벽교상은 젓가락으로 집은 요리를 태무랑의 입으로 가져가다가 가볍게 놀라서 동작을 멈추었다.

그러면서 그녀의 표정이 싸늘하게 변했다. 일전에 절정문 주인 소천군에게 된통 당한 일이 생각났기 때문에 본능적인 적개심이 일어난 것이다.

그때 경뢰궁주의 전음이 벽교상을 일깨워 주었다.

[궁주, 만약 소천군이 아니었으면 태 공자는 그때 궁주의 손에 죽었을 것입니다.]

벽교상은 깜짝 놀라는 표정을 지었다. 그렇다. 그 당시 제 때에 소천군이 나타나서 제지하지 않았디라면 그녀는 태무랑을 죽였을 것이다.

이렇게 자신에게 소중한 남자가 될 줄은 꿈에도 모르는 상태에서 말이다. 벽교상은 환한 표정으로 경뢰궁주를 바라보았다.

[고마워, 경뢰 언니.]

그녀는 곧 생글생글 미소 지으면서 고개를 태무랑의 어깨에 기댔다.

"서찰을 써주시면 반드시 절정문에 전해 드리겠어요."

태무랑은 그녀를 자신의 어깨에서 떼어내고 두 손으로 그녀의 양 어깨를 잡고 얼굴을 똑바로 주시했다.

"날 도와주겠느냐?"

"물론이에요. 소녀의 목숨을 달라고 해도 드리겠어요."

태무랑은 그녀의 표정과 눈빛을 보고 그 말이 진심인 것을 깨닫고는 가슴이 젖어드는 것을 느꼈다.

그러면서 이렇게 하여 또 가까운 사람이 한 명 생기는구나 하는 마음이 들었다.

그녀의 도움을 받게 되면 큰 빚을 지게 된다. 하지만 지금으로선 선택의 여지가 없다. 그리고 언젠가는 반드시 몇 곱절로 갚을 생각이다.

"일단 여길 비우고 모두 무령왕가로 가자. 그곳에서 대책을 세우도록 하자."

벽교상이 가장 큰 목소리로 대답했다.

"네!"

벽교상을 무령왕가로 데려가는 것은 태무랑으로서는 큰 모험이다.

수월화나 무령왕이 있는 곳에서 그녀가 지금처럼 태무랑의 부인 행세를 하게 되면 그가 난감해지기 때문이다.

그런 사실을 짐작하는 우경도와 경뢰궁주도 걱정스러운 표정을 짓고 있었다.

그래서 태무랑은 주의를 주기 위해서 벽교상을 데리고 아무도 없는 빈방으로 갔다.

남겨진 우경도와 경뢰궁주는 태무랑이 무슨 말을 할 것인지 짐작하고 있기에 초조한 표정으로 기다렸다.

"알아들었느냐?"

"……."

태무랑의 물음에 벽교상은 아무런 말도 하지 않았다. 그저 고개를 숙인 채 입술만 잘근잘근 깨물고 있을 뿐이다.

조금 전에 태무랑은 자신이 앞으로 보름 후에 수월화와 혼인한다는 것과 무령왕가에서의 지위에 대해서 벽교상에게 말해주었다.

표정으로 봤을 때 벽교상은 큰 충격을 받은 것 같았다.

하지만 태무랑은 신경 쓰지 않았다. 이것은 다독여서 될 일이 아니다. 다독이기 시작하면 끝이 없고, 결국엔 골치 아픈 일이 생길 것이기 때문이다.

그래서 내친김에 벽교상에게 다짐을 해두었다. 무령왕가에 가서는 오해받을 행동 따윈 하지 말고 정중하게 굴라고 엄하게 주의를 주었다.

그랬더니 그녀는 충격을 받았는지 아무 말도 하지 않고 있는 것이다.

두 사람은 의자에 앉지도 않은 상태다. 앉기도 전에 태무랑이 단도직입적으로 말부터 꺼냈기 때문이다.

그는 고압적이지도, 그렇다고 부드럽지도 않은 높낮이 없는 목소리로 말했다.

"네가 약속을 하지 않는다면 여태까지 얘기한 것은 없었던 일로 하겠다."

그는 벽교상이 일을 망칠 정도로 바보가 아니며 또 충분히 감정을 추스를 줄 아는 여자이기를 바랐지만 그렇지 못하더라도 어쩔 수 없다.

수월화와의 혼인 얘기까지 꺼낸 마당에 다독여 주는 것만으로는 그녀를 상대해 줄 수가 없게 되었다. 그에겐 수월화가 그만큼 소중한 존재이기 때문이다.

그래도 벽교상은 대답을 하지 않았다. 그래서 태무랑은 발길을 돌려 문 쪽으로 걸어갔다. 이것으로써 철화천궁과의 협력은 끝이라고 생각했다.

"그럼 소녀는 어떻게 되는 거죠?"

태무랑은 걸음을 멈추었지만 뒤돌아보지는 않고 대답했다.

"너의 일은 네가 알아서 해야 한다."

“당신은 소녀의 순결을 가져갔어요.”

그녀의 목소리에 울음기가 섞이기 시작했다.

“너와 정사를 하지는 않았다.”

“하지만 소녀의 순결을 가져갔어요.”

“틀렸다. 나는 너에게서 아무것도 가져가지 않았다.”

사실 그는 그녀에게 무언가를 주었으면 주었지 가져간 것은 없었다.

벽교상은 말을 바꾸었다.

“당신은 소녀의 순결을 파괴했어요.”

“억지를 부릴 테냐?”

“…….”

“그렇다면 치료하기 전의 모습으로 다시 만들어줄까?”

너무 심한 말에 벽교상은 태무랑의 뒷모습을 보며 바르르 교구를 떨었다.

태무랑의 마음을 얻지 못한다면 치료하기 전의 흉측한 모습으로 돌아가도 상관이 없다는 생각마저 들었다.

하지만 그녀는 무지한 여자가 아니다. 오히려 총명함이 지나칠 정도다.

다만 감정이 풍부하기 때문에 그것을 자제하지 못하는 것이 문제였다.

한동안 입술을 잘근잘근 깨물던 그녀는 지금은 자신이 냉정하게 현실을 직시해야 할 필요가 있다고 생각했다.

그러자 태무랑하고 정사를 하지 않고 치료를 하는 과정에서 순결이 파괴된 것은 그의 책임이 아니라는 것에 생각이 미쳤다.

그러므로 자신이 그의 부인처럼 구는 것은 당연히 지나친 행동임을 깨닫게 되었다.

그렇지만 태무랑을 몹시 사랑하게 된 자신을 발견했다. 그것은 이제 돌이킬 수가 없게 되었다.

다른 것은 다 총명한 두뇌로 깨달아지고 또 개선해야겠다는 생각이 들었다.

하지만 태무랑을 사랑하게 된 마음만큼은 예전으로 되돌리는 것이 불가능했다. 생각과 마음은 그렇게 다른 것이다.

"당신은 소녀를 어떻게 생각하세요?"

그녀에게 그것은 매우 중요한 물음이다. 태무랑의 대답 여하에 따라서 절망하느냐, 아니면 아직 희망이 남아 있느냐가 결정되기 때문이다.

태무랑은 천천히 돌아섰다.

"너는 좋은 여자다."

벽교상은 고개를 가로저었다.

"그게 아니에요. 당신이 소녀를 어떻게 생각하는지가 더 중요해요."

"나는……."

벽교상은 너무 긴장해서 톡 건드리기만 해도 산산이 깨져 버릴 것만 같았다.

"네가 나의 가까운 사람이 될 수 있을 것이라고 생각한다. 그러나……."

"됐어요! 더 이상 말씀하지 마세요! 그거면 충분해요!"

그녀는 두 손을 뻗으며 급히 외쳤다. 그다음 말이 무엇인지 짐작하기 때문이다.

그녀에겐 방금 들은 말이면 충분했다. 그거면 가슴속에 희망을 품을 수가 있는 것이다.

그녀는 차오르는 눈물을 감추기 위해서 달려가 태무랑의 품에 뛰어들었다.

와락!

그녀는 두 팔로 태무랑의 허리를 꼭 끌어안고 흐르는 눈물로 그의 가슴을 적셨다.

'당신의 여자가 될 기회만 있다면 그것으로 충분해요. 더 이상 욕심부리지 않을 거예요.'

태무랑은 소천군에게 서찰을 쓰고, 그것을 철화궁주 전용 전서구인 홍두구를 통해서 항주로 날려 보냈다.

이후 태무랑과 벽교상, 경뢰궁주, 우경도 등은 전각을 나서 마당으로 내려섰다.

봉화십선이 그들 주위를 에워싼 채 호위하며 전문 쪽으로 향하다가 잠시 멈추었다.

"먼저 가세요. 우리는 잠시 후에 뒤따라가겠어요."

벽교상이 흐릿하게 미소 지으면서 태무랑에게 말했다.

경뢰궁주가 보기에 그녀는 태무랑과 빈방에 다녀온 이후 많이 변했다.

아까처럼 흥분하여 들뜬 모습도 아니고, 그렇다고 냉정한 모습도 아니다.

평온하면서도 고즈넉한 모습으로 태무랑을 대하고 있었다. 그것이 그녀의 본모습인 것 같았다.

태무랑이 벽교상에게 가볍게 고개를 끄덕인 후에 경뢰궁주에게 한 걸음 다가가 마주 섰다.

"조심해."

경뢰궁주는 그 말이 무슨 뜻인지 안다. 철화천궁 세력이 이곳에서 무령왕가로 이동하는 중에 단유천이 무슨 수작을 부릴지 모른다는 뜻이다.

경뢰궁주는 그의 마음씀씀이에 미소로 답했다.

"염려 말아요."

그런데 바로 그때 그녀는 태무랑의 어깨너머 뒤쪽에서 무언가 흐릿하게 반짝이는 것이 엄청나게 빠른 속도로 이쪽을 향해 쏘아오는 것을 발견했다.

너무 흐릿해서 착시(錯視)처럼 보였으나 다음 순간 그것이 어느새 태무랑 등 뒤 이 장여까지 쇄도하는 것을 발견하고는 착시가 아니라고 깨달았다.

하지만 그것은 일체의 음향도 기척도 없었으므로 태무랑은 그 사실을 전혀 모르고 있었다.

경뢰궁주는 다급한 표정을 지을 겨를도, 태무랑에게 위험을 알려줄 여유도 없었다. 그러다 보면 이미 그는 정체 모를 물체에 적중당하고 말 것이다.

확!

앞뒤를 생각하거나 손익을 계산할 틈도 없다. 경뢰궁주는 번개같이 몸을 날리며 태무랑을 거세게 옆으로 밀었다.

퍼어……!

"컥!"

다음 순간 반짝이는 물체가 그녀의 목에 적중되면서 상체가 뒤로 확 젖혀졌다.

찰나지간이지만 태무랑은 어떻게 된 일인지 간파했다. 자신을 노린 암기를 경뢰궁주가 대신 맞은 것이다.

"누나!"

"경뢰 언니!"

태무랑과 벽교상이 동시에 발작적으로 외쳤다.

경뢰궁주의 몸은 완전히 뒤로 젖혀져서 지면에서 반 장 높이 허공에 누운 자세가 되었다.

태무랑은 재빨리 두 팔을 뻗어 그녀를 안으면서 외쳤다.

"상아! 놈을 잡아라!"

그의 외침과 동시에 벽교상은 태무랑의 뒤쪽을 향해 눈부신 속도로 쏘아갔다. 하지만 그녀가 쏘아가는 방향에는 아무도 보이지 않았다.

태무랑은 급히 경뢰궁주를 땅에 편안하게 눕히고 초조한 표정으로 급히 상처를 살펴보았다.

경뢰궁주의 목 정중앙에 정확하게 은빛의 쇠붙이가 깊숙이 꽂힌 상태였다.

목 속에 꽂혀 있어서 자세한 모양은 알 수 없으나 목 밖으로 손가락 한 마디쯤 나와 있는 모양은 납작했으며 끝에 작은 구멍이 뚫려 있었다.

태무랑은 조심스럽게 그녀의 고개를 들어 목 뒤쪽을 보았다. 화살하고는 달리 둥근 형태의 뾰족한 은빛 쇠붙이가 목 뒤로 손가락 한 마디쯤 튀어나와 있었다.

태무랑은 적이 당황했다. 하지만 그는 마음을 진정하려고 애썼다. 자신에겐 어떤 중상도 치료할 수 있는 능력이 있기 때문이다.

"누나, 조금만 참아. 곧 낫게 해줄게."

상처를 치료하기 위해서는 우선 암기를 뽑아야만 한다. 그는 암기 뒷부분 끄트머리를 잡고 단번에 뽑아냈다.

푸악!

순간 경뢰궁주의 목 앞뒤 구멍에서 분수처럼 핏물이 뿜어져 나왔다.

태무랑은 즉시 오행지기를 일으켰다. 세 호흡 정도의 시간이면 그녀를 치료할 수 있는 충분한 오행지기를 일으킬 수가 있다.

그때 경뢰궁주는 목에서 쿨럭쿨럭 피를 쏟으면서 태무랑을 바라보며 간신히 더듬거렸다.

"끄으으… 태… 공자… 궁주를… 부탁해… 요……."

목에 구멍이 뚫려서 성대(聲帶)를 다치는 바람에 그녀의 말은 불분명했으나 태무랑은 알아들을 수 있었다.

"말하지 마!"

태무랑은 급히 그녀의 목에 오른손을 펼쳐서 갖다 대며 악쓰듯이 소리쳤다.

"……!"

그런데 손에 느껴져야 할 맥이 전혀 감지되지 않았다. 그녀를 쳐다보니 눈을 커다랗게 뜬 채 벌린 입에서 피가 꾸역꾸역 흘러나오며 모든 움직임이 멈춘 모습이다. 방금 그녀가 한 말이 마지막 말이었던 것이다.

"누나……."

태무랑은 멍하게 넋 나간 표정을 지으며 다른 손으로 그녀의 손목 맥을 짚었다. 역시 맥이 전혀 느껴지지 않았다. 이번에는 왼쪽 가슴에 귀를 대보았으나 심장도 박동을 멈춘 상태다.

경뢰궁주가 죽었다. 하지만 태무랑은 그녀가 죽었다는 사실이 믿어지지도 실감나지도 않았다.

방금까지 온화하게 미소를 지었던 그녀가 잠깐 사이에 몸이 싸늘하게 식어가고 있다는 것을 어떻게 믿을 수 있다는 말인가.

태무랑으로서는 아무것도 할 수가 없다. 숨이 붙어 있기만 하다면 어떻게든 해보겠지만 이미 죽은 사람은 어쩔 수가 없다. 그는 신이 아닌 것이다.

경뢰궁주는 마지막 순간에 태무랑을 바라본 그대로 숨이 멈추었기 때문에 여전히 그를 바라보고 있었다. 마치 지금이라도 그녀의 눈이 웃음 지을 것만 같았고, 아무렇지도 않다는 듯 일어날 것만 같은 모습이었다.

"으으… 이럴 리가 없다."

태무랑은 그녀의 목을 잡고 있는 오른손으로 오행지기를 주입시키며 중얼거렸다.

지금이라도 손을 쓰기만 하면 그녀를 살릴 수 있을 것이라

고 믿었다. 그래서 전신의 오행지기를 극도로 끌어올려 주입
시켰다.

스와아아…….

그의 몸에서 오색 기체가 뿜어져 나와 몸 주위를 회전하기
시작하자 주위에 있던 우경도와 벽교상을 따라가지 않은 몇
명의 봉화십선이 그 광경에 놀라는 표정을 지었다.

그러나 태무랑은 아무리 애를 써도 오행지기가 한 움큼도
경뢰궁주의 몸속으로 주입되지 않는 것을 느끼고는 더할 수
없이 초조해졌다.

생명의 기운이 조금이라도 남아 있으면 주입될 텐데 이미
죽은 몸이라서 그런 것이다.

그런데도 그는 포기하지 않고 더욱 공력을 끌어올려 안간
힘을 쓰며 주입시켰다. 포기할 수가 없었다. 포기한다는 것은
경뢰궁주의 죽음을 받아들인다는 뜻이다.

치이이…….

그때 그의 오른손과 경뢰궁주의 목 사이에서 매캐하고 희
뿌연 연기가 피어났다.

그는 황급히 손을 떼고 쳐다보았다. 상처가 치료되기는커
녕 오히려 그녀의 목이 타들어가고 있는 것이 보였다.

죽은 사람 몸에 무리하게 오행지기를 주입하려다가 오히
려 오행지기가 몸을 태우고 또 얼리며 이상한 반응을 일으키

고 있는 것이다.

그제야 태무랑은 자신이 그녀를 살릴 수 없으며 어떤 방법도 소용없다는 사실을 처절한 심정으로 깨달았다. 이제는 그녀가 죽었다는 것을 인정하지 않을 수가 없다. 냉엄한 현실이 그의 뇌를 뚫고 파고들었다.

그가 오행지기를 거두고 넋 나간 표정으로 경뢰궁주를 응시하고 있을 때 벽교상이 돌아왔다.

"경뢰 언니!"

그녀는 다급히 태무랑 옆으로 몸을 날리듯이 주저앉으며 경뢰궁주를 부둥켜안았다.

그리고 그녀는 경뢰궁주의 몸이 싸늘하게 식고 있으며 어떠한 삶의 징후도 없다는 사실을 감지하곤 믿을 수 없다는 듯 경악하는 표정으로 천천히 고개를 들었다.

아무도 경뢰궁주가 죽었다고 말하지 않았으나 벽교상은 그녀가 죽은 것이 분명하다는 것을 알고 있다.

그때 번쩍 정신을 차린 태무랑이 벽교상의 어깨를 움켜잡으며 다급히 물었다.

"어떻게 됐느냐? 놈은 잡았느냐?"

벽교상은 착잡한 표정으로 눈물을 흘리면서 고개를 가로저었다.

"소녀가 담을 넘었을 때에는 이미 놈이 사라진 후였어요.

그래서 주변을 찾아봤으나 소용없었어요."

태무랑은 지금 당장은 암습자보다는 경뢰궁주가 죽었다는 사실이 더 중요했다. 슬픔과 충격이 갈무리된 다음에 분노가 찾아올 것이지만 지금은 아니다.

지옥에서 나온 이후 그의 가까운 사람이 죽은 경우는 이번이 처음이다.

아니, 그런 것을 떠나 그는 지금 몹시 혼란스럽고 또 참담한 상태다.

그의 머릿속에서는 경뢰궁주를 처음 만난 이후 지금까지의 일들이 빠른 속도로 차례차례 스치고 지나갔다. 그리고 그는 그녀가 죽었다는 냉엄한 현실을 믿을 수가, 아니, 받아들이고 싶지 않았다.

벽교상이 암습자를 찾지 못했다면, 뒤늦게 태무랑이 나서 봐야 별 소용이 없을 것이다.

하지만 오래 생각하지 않아도 암습자가 단유천과 연관된 자일 것이라는 사실은 분명하다.

단유천은 아니다. 그는 이 정도의 놀라운 실력이 없다. 또한 암기를 사용하지도 않는다.

아마도 무극백절 중 한 명일 것이다. 적어도 십 위 안의 초절고수가 분명하다.

태무랑은 죽은 경뢰궁주를 한동안 응시하다가 그녀 옆에

놓여 있는 암기를 집어 들었다.

전체가 은색이며, 길이가 한 뼘 정도고, 앞이 뾰족하면서 둥글며 좁고 길쭉한데 나선형의 약간 튀어나온 돌기가 소용돌이 모양으로 네 치가량 이어져 있으며, 뒷부분은 갑자기 납작하게 좁아지면서 끝에 작은 구멍이 뚫려 있었다. 또한 찻잔 하나를 든 것처럼 조금도 무겁지 않았다.

태무랑 옆에서 눈물을 흘리며 암기를 보고 있던 벽교상이 봉화일선에게 지시했다.

"이런 암기를 사용하는 자가 누군지 알아봐라."

이어서 그녀는 눈물을 닦고 나서 태무랑 어깨에 손을 얹으며 가라앉은 목소리로 말했다.

"가야 해요."

그녀는 큰일에는 매우 대범한 모습을 보이고 있다.

태무랑은 물끄러미 그녀를 쳐다보다가 두 팔로 경뢰궁주를 안고 일어섰다.

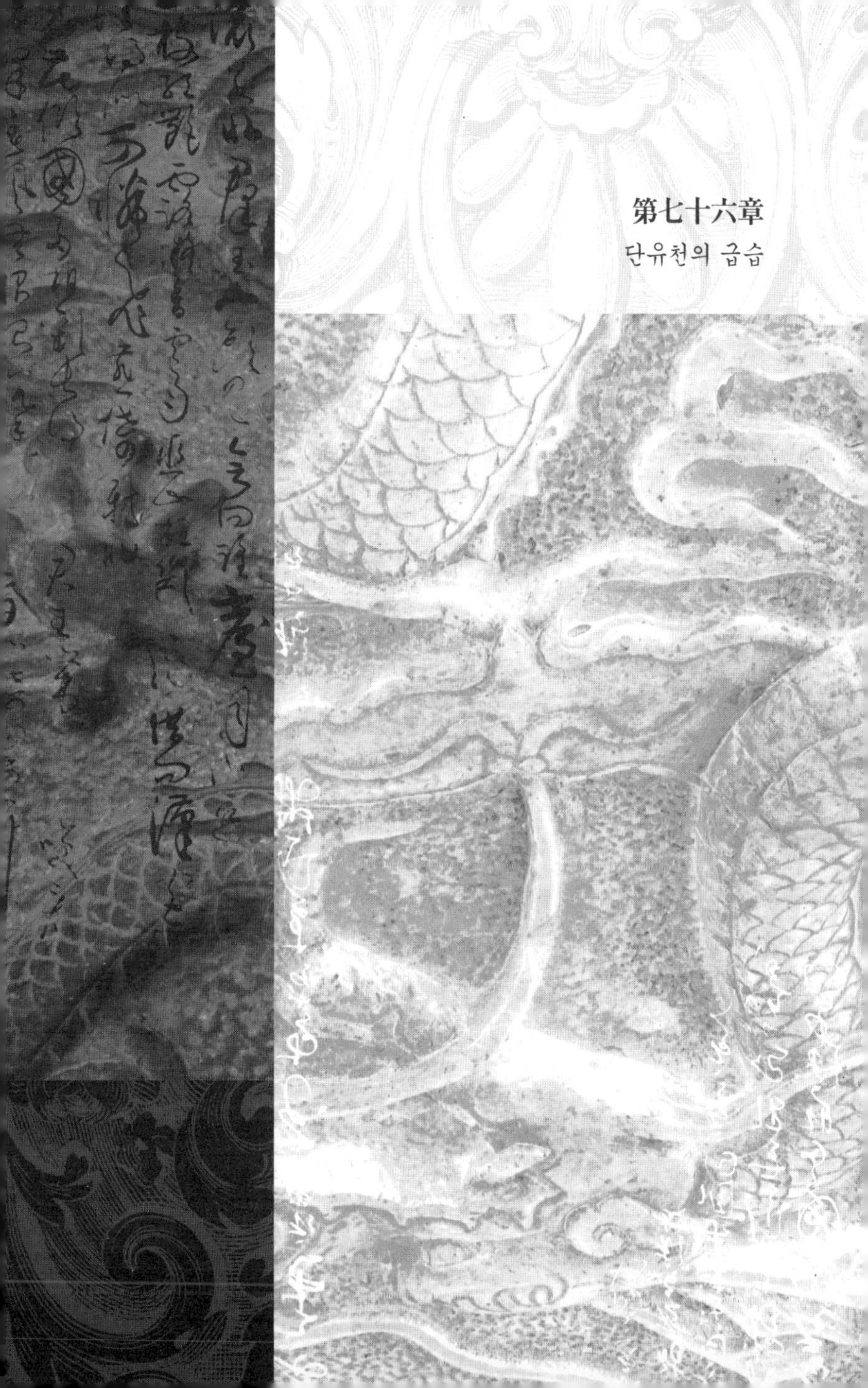

第七十六章
단유천의 급습

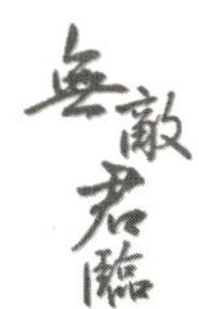

무령왕가 내 무령왕의 집무실이 있는 무령총전 내전에는 여러 사람이 모여 있다.

단상의 태사의에 앉아 있는 무령왕을 위시해시, 던하에는 태무랑과 수월화, 비한, 그리고 벽교상이 양쪽으로 마주 보는 자세로 서 있었다.

태무랑 옆에는 수월화가, 맞은편에는 벽교상과 비한이 나란히 서 있는 모습이다.

무령왕은 이미 대모산의 군사 오만 명을 출동시켰다. 그중 말을 탄 기마병이 삼천 명인데, 동이 트기 전에 무령왕가에 도착할 수 있을 것이라고 한다.

현재 벽교상의 수하들, 즉 철화천궁 남경지부의 천 명과 선위단 천백여 명이 무령왕가에 와 배치가 끝난 상태다.

하지만 이천여 명의 고수들과 오천여 명의 군사로 무극신련의 이만여 고수들을 상대하기는 역부족이다.

더구나 단유천은 공격할 때에 무극백절을 투입할 것이 분명하다.

몇 명이나 될는지 모르지만 그들은 엄청난 위력을 발휘할 것이 분명하다.

그러므로 관건은 태무랑 등이 될 수 있는 한 소천군이 이끄는 절정문 고수들이 무령왕가에 당도할 때까지 버텨야만 한다는 사실이다.

하지만 소천군과 절정문 고수들이 합세를 한다고 해도 단유천과 무극백절, 그리고 무극신련의 이만여 고수들을 물리칠 수는 없을 터이다.

다만 그 상황에서 무령왕의 사병 오만이 도착할 때까지 또다시 버텨야만 한다.

그렇게 되기까지는 많은 사람이 희생될 테지만 현재로선 그 방법뿐이다.

수월화는 태무랑이 안고 온 경뢰궁주의 시신을 보고 너무나 많이 울어서 눈이 붉어진 상태다.

한참이 지나도록 무령왕 이하 아무도 입을 열지 않았다. 현재의 상황을 타개할 뾰족한 방법이 달리 없기 때문이다.

"한 가지 미봉책이 있기는 해요."

그때 벽교상이 침묵을 깨고 조용히 말문을 열자 모두들 그녀를 주시했다.

그녀는 짧게 말했다.

"무령왕가를 비우는 거예요."

그것은 아무도 생각하지 못했던 방법이다. 그런 쪽으로는 생각조차 하지 않았다.

수월화가 벽교상의 말을 받았다.

"우리 모두 남쪽으로 간다는 것인가요?"

벽교상은 고개를 가로저었다.

"남쪽은 맞지만 모두 갈 필요는 없어요. 우리와 고수들만 가고 군사들은 남겨두는 게 좋아요. 무극신련은 그들을 죽이지는 않을 거예요."

그녀의 말뜻을 이해한 태무랑은 고개를 끄덕이고 나서 무령왕을 보며 진중하게 말했다.

"우리가 무령왕가를 벗어나서 전력으로 남진한다면 단유천과 무극백절이 추격을 하겠지만 공격하진 못할 것입니다."

태무랑을 비롯한 중요 인물들과 벽교상의 수하 이천여 명이 한꺼번에 이동을 하는 것이니까 단유천과 무극백절들로는 건드리지 못할 것이라는 뜻이다.

"남쪽에서는 오만 군사와 절정문 고수들이 올라오고 있을 테니까 우리가 남진해서 그들과 합류하면 무극신련도 어찌지 못할 것입니다."

무령왕은 벽교상을 보면서 고개를 크게 끄덕였다.

"음. 좋은 방법이로군, 궁주. 그대는 매우 총명하군."

"과찬이에요."

벽교상은 보일 듯 말 듯 미소 지으며 고개를 숙였다. 현재까지 그녀는 잘해내고 있다.

두 걸음 맞은편에 태무랑과 수월화가 나란히 서 있는데도 질투를 드러내지 않고, 무령왕을 대하는 예의범절에도 어긋남이 없었다.

비한이 무령왕에게 공손히 말했다.

"군사들은 이곳에 놔두는 것보다 각자 흩어지게 하는 것이 좋을 듯합니다. 넉넉하게 면려금(勉勵金:상여금)을 주어 휴가를 주는 것이지요."

"그거 좋군. 그렇게 하라."

무령왕은 최종적인 명령을 내렸다.

"앞으로 반 시진 후에 출발한다."

태무랑이 우장각에서 출발 준비를 하고 있을 때 비한이 직접 두 명의 여자를 데리고 와서 벽교상에게 인계했다.

두 여자는 깨끗한 옷을 입고 있었으나 온몸이 성한 데가 없을 정도로 상처투성이에 초췌한 몰골이었으며 안색이 몹시 창백했다.

그녀들은 일전에 비한을 공격했다가 제압되어 좌장거 뇌옥에 감금되어 있던 봉화사선과 팔선이다.

벽교상은 그녀들이 누군지 알아보지 못했다. 그 정도로 모습이 형편없게 변한 것이다.

봉화사선과 팔선은 비틀거리면서 벽교상에게 걸어와 부복했다.

"궁주……."

"너희들……."

벽교상은 목소리를 듣고서야 비로소 그녀들이 누군지 알고 깜짝 놀랐다.

그녀는 부복해 있는 봉화사선과 팔선 뒤에 서 있는 비한을 쳐다보았다.

비한은 묵묵히 그녀를 쳐다보다가 몸을 돌려 걸어갔다.

"고마워요."

벽교상은 비한이 방을 나가기 전에 진심 어린 목소리로 감사를 표했다.

사실 벽교상은 봉화사선과 팔선이 이미 죽었다고 생각해

서 포기했다.

그 당시에 비한이 옥령과 천자필사를 무령왕가로 옮기는 것을 빼앗으라고 봉화사선과 팔선을 보냈기 때문에 비한이 그녀들을 죽였다고 해도 할 말이 없는 상황이었다. 자업자득 이기 때문이다.

벽교상은 봉화십선을 가족처럼 여기기 때문에 사선과 팔 선의 죽음을 매우 가슴 아파했었다. 그런데 이렇게 살아서 돌 아왔으니 진심으로 기쁠 수밖에. 그러므로 마음에서 우러나 와 비한에게 감사하는 것이다.

얼마 전의 그녀 같았으면 이런 식의 감사는 하지 않았다. 오히려 비한을 죽이려고 공격했을 것이다. 그러나 매우 높은 곳에 도도하게 앉아 있던 그녀는 태무랑의 영향으로 점점 낮 은 곳으로 내려오는 중이다.

그녀는 사선과 팔선을 친히 일으켜 세웠다.

"일어나라."

"궁주……."

사선과 팔선은 자신들이 임무를 완수하지 못하고 오히려 비한에게 제압당해서 많은 비밀을 실토한 것 때문에 죄스러 워서 어쩔 줄을 몰랐다.

또한 평소 벽교상의 성격이 몹시 차갑고 냉정하며 공과가 분명하다는 것을 잘 알기 때문에 자신들에게 중벌을 내릴 것이라고 짐작했다.

벽교상은 사선과 팔선의 어깨에 손을 얹고 다독이며 흐릿한 미소를 보였다.

"고생했다. 가서 합류해라."

그렇게 말하고 그녀는 빙글 돌아섰다.

하지만 사선과 팔선은 돌아서는 그녀의 눈에 언뜻 눈물이 비치는 것을 발견했다.

"궁주……."

사선과 팔선의 눈에서 감격의 눈물이 쏟아졌다.

척—

자고 있던 옥령은 방문이 열리는 소리에 깼다. 그녀는 상체를 일으키면서 놀라는 표정으로 문을 바라보았다. 이렇게 늦은 시간에 누군가 자신의 방에 불쑥 들어온 것 때문에 놀라고 긴장해서 가슴이 마구 뛰었다.

들어선 사람은 침상으로 곧장 걸어왔지만 실내가 캄캄해서 옥령은 그의 모습을 볼 수 없었다.

"……!"

하지만 그녀는 무엇인가를 느꼈다. 그것은 냄새도 어떤 특이한 기척 같은 것도 아니다.

단지 느낌일 뿐이다. 그 사람에게서만 풍겨나는 독특하고도 유일한 느낌이고 옥령만이 그것을 느낄 수가 있다.

그녀는 들어온 사람이 태무랑이라고 직감했다. 어떻게 알수 있는지 설명할 수는 없으나 그를 느낄 수가 있다. 그것도 아주 강렬하게.

옥령은 침상 가에 멈춰서 우뚝 선 채 묵묵히 자신을 굽어보고 있는 어두운 사람을 올려다보면서 심장이 미친 듯이 쿵쾅거렸다.

"누워라."

태무랑이 그렇게 말하면서 침상 가장자리에 걸터앉았다.

옥령은 즉시 누웠다. 그가 주인님이기 때문이 아니라 그의말에는 무조건 절대 복종해야 한다는 마음속으로부터의 추종심(追從心) 때문이다.

누워 있는 그녀의 심장이 얼마나 요란하게 뛰는지 그녀에게는 물론 태무랑에게도 크게 들릴 정도다.

그녀는 태무랑이 대체 무엇 때문에 한밤중에 자신의 방에불쑥 들어왔는지는 짐작조차 할 수 없지만, 한 가지를 막연하게 짐작했다.

혹시 그가 자신과 정사를 하려는 것이 아닌가 하는 생각, 아니, 기대감이 든 것이다.

그러자 심장이 더욱 미친 듯이 뛰었고, 피가 얼굴로 몰리면서 화끈거렸으며, 갑자기 몸이 찌릿찌릿했다. 그녀의 정신이 무슨 생각을 하기도 전에 몸이 먼저 반응, 아니, 흥분을 하고 있는 것이다.

찢어 죽여야 마땅하고, 더구나 과거 무완룡의 노리개였던 놈에게 강렬하게 성적 욕구를 느끼고 있음에도 그녀는 그 사실을 깨닫지도 못했다.

'오오, 맙소사! 어째서 몸이…….'

그녀는 머릿속이 텅 비면서 대신에 몸이 불덩이처럼 뜨거워지며 태무랑을, 아니, 그와의 정사를 갈구하는 것을 깨닫고 당황해서 어쩔 줄을 몰랐다.

슥—

그때 태무랑이 손을 뻗어 그녀의 손목을 잡았다.

"하악!"

그것만으로 그녀는 가쁜 숨을 몰아쉬며 자지러질 듯한 쾌감을 맛보았다.

그런데 갑자기 이상한 느낌이 들었다. 태무랑이 잡고 있는 손목을 통해서 파도 같은 기운이 쏟아져 들어오기 시작한 것이다.

"무슨……."

파팍!

그녀가 입을 열어 말을 하려고 하자 태무랑이 다른 손으로 혼혈을 제압해 버렸다. 그녀는 즉시 깊은 잠에 빠져들며 몸이 축 늘어졌다.

태무랑은 지금 새로운 시도를 시험하는 중이다. 즉, 오행지기로 옥령의 외모를 바꿔보려는 것이다. 오행지기가 자신의 모습을 변화시킨다면 타인도 가능하지 않을까 하는 것이 그의 생각이다.

일다경 후에 태무랑은 옥령에게서 손을 떼고 일어나서 그녀를 굽어보았다.

침상 위에는 낙양 태가장에서 살고 있는 아소가 곤히 잠자고 있었다.

물론 그녀는 옥령이다. 태무랑이 그녀를 아소의 모습으로 바꿔 버린 것이다.

그는 무령왕가를 떠나 남쪽으로 가는 길에 그녀를 데리고 가지 않을 생각이다.

짐이 될 것이기 때문이다. 그래서 그녀와 천자필사를 고구려 친구들이 살고 있는 포구 근처의 집, 즉 금오장에 잠시 맡겨두려고 하는데 옥령의 진면목으로는 곤란하기 때문에 얼굴을 바꾼 것이다.

그리고 아혈도 제압해 두었다. 그녀의 목소리를 들으면 천자필사가 즉시 알아볼 것이기 때문이다. 옥령은 화상으로 얼굴이 심하게 짓이겨진 천자필사를 알아보지 못할 것이니 걱정할 것이 없다.

단유천이 무령왕가를 공격하는 이유 중 하나가 옥령을 구하려는 것일 텐데 그녀를 두고 가는 것은 안 될 일이다.

옥령은 태무랑이 나간 후 일각쯤 있다가 깨어났다. 그녀는 잠시 누워 있다가 태무랑이 들어왔던 것을 기억해 내고 조심스럽게 자신의 몸을 살펴보았다.

하지만 잠옷을 입고 있는 그대로의 모습이며 아무 변화나 흔적도 없었다.

태무랑은 그녀와 정사를 하려고 들어온 것이 아닌 듯했다.

그렇다면 그는 대체 무얼 하러 한밤중에 방에 불쑥 들어왔다는 말인가. 그녀는 자신의 얼굴이 변했다는 사실을 까맣게 모르고 있었다.

무령왕가의 거대한 전문이 활짝 열리고 엄청난 무리가 파도처럼 쏟아져 달려나갔다.

선두에 구준마를 탄 대무랑괴 수월회, 그리고 눈처럼 흰 백마를 탄 벽교상이 나란히 질풍처럼 달렸다.

그리고 그 뒤에 한 대의 사두마차가 따르고, 그 옆에는 각각 준마를 탄 비한과 은지화가 바짝 붙어서 달리고 있으며, 역시 말을 탄 우장오위와 비한의 측근 무장들이 마차를 에워싼 채 호위했다.

마차 안에는 무령왕 부부와 태화연이 타고 있다. 무령왕 부부는 태화연을 친딸처럼 대하기 때문에 함께 있어도 아무런 문제가 없었다.

　마차 뒤에는 봉화십선이 이끄는 철화태상위와 철화군단, 그리고 철화천궁 남경지부 소속의 고수들까지 도합 이천여 명이 경공을 전개하여 따르고 있다.

　지금 시각은 축시(丑時:새벽 2시). 그들 거대한 무리는 남경 남쪽 성문을 향해 노도처럼 달려갔다.

　태무랑과 무령왕 일행이 무령왕가를 떠나고 나서 일각쯤 지나자, 이번에는 무령왕가의 동서남북 네 개의 문이 활짝 열리고 수많은 군사들과 숙수, 하인, 시녀들이 밀물처럼 쏟아져 나왔다.

　그들은 각자 짐 보따리나 행랑 같은 것을 지녔으며, 한데 마구 뒤섞여 나와서는 사방으로 뿔뿔이 흩어져 갔다.

　그 바람에 무령왕가 사방의 도로는 그들로 인해 인산인해를 이루었다.

　신풍개와 형구는 커다란 자루 하나씩을 메고 사람들 속에 섞여서 밖으로 나와 거리를 한동안 걸어가다가 어느 지점에서 슬쩍 골목 안으로 감쪽같이 사라졌다.

　두 사람이 메고 있는 자루 속에는 사실 옥령과 천자필사가 들어 있다.

태무랑의 지시로 그녀들을 고구려 친구들의 금오장으로 옮기는 중이다.

그리고 신풍개와 형구, 그리고 개방 제자들은 금오장에서 옥령과 천자필사를 지키면서 태무랑이 돌아오기를 기다릴 것이다.

*   *   *

남경성의 북쪽에 있는 호수 현무호(玄武湖) 변에는 남경성주의 장원이 웅장하게 버티고 있다.

그곳으로 한 명의 고수가 야조처럼 날아들었다. 그는 장원 내의 지리에 익숙한 듯 호숫가에 위치한 한 채의 전각 이층으로 곧장 쏘아갔다.

"주군, 놈들이 무령왕가를 비우고 있습니다."

실내로 급히 들어선 난유천의 개인 호위대 친풍대의 대주가 그에게 다급하게 보고했다.

곧 있을 무령왕가 공격에 대해서 아홉 명의 무극백절과 긴밀한 상의를 하고 있던 단유천은 대주를 쳐다보며 무슨 뚱딴지같은 소리냐는 듯 미간을 좁혔다.

"무슨 소리냐?"

"적안혈귀와 철화빙선, 그리고 철화천궁의 모든 고수들이 한꺼번에 무령왕가를 나와 남쪽으로 향하고 있습니다. 뿐만 아니라 모든 군사들과 하인, 시녀, 숙수들까지 무령왕가를 떠나고 있습니다. 현재 무령왕가는 텅 비어 있습니다."

"뭐라?"

단유천은 자리를 박차고 벌떡 일어났다. 그의 표정이 다급하고 또 복잡하게 변했다. 도저히 예상하지 못했던 변수가 일어난 것이다.

"옥령을 봤느냐?"

"발견하지 못했습니다."

천풍대 백 명이 무령왕가를 감시하고 있었다. 대주는 수하들에게 태무랑 일행과 군사 쪽을 미행하라고 지시하고는 단유천에게 달려온 것이다.

"천자는? 그녀도 못 봤느냐?"

"못 봤습니다."

대주는 생각을 정리하면서 말했다.

"어쩌면 마차 안에 있는지 모르겠습니다."

"마차? 무슨 마차냐?"

"적안혈귀와 철화빙선 뒤로 몇 대의 마차가 따르고 있었는데 엄중한 호위를 받고 있었습니다."

"그거다!"

단유천은 발을 구르며 소리쳤다. 하지만 당장 어떤 결정을 내리지는 못했다.

태무랑과 철화빙선이 이끄는 고수가 자그마치 이천여 명이 넘기 때문이다.

이곳에 있는 무극백절 팔십오 명으로 태무랑 등을 공격할 수는 있다.

하지만 승리를 장담하지는 못한다. 정보에 의하면 그들 이천 명 중에 철화빙선의 직속 조직인 철화군단이 있다고 했다. 그래서 결정을 내리지 못하는 것이다.

"빌어먹을!"

단유천은 답답한 듯 서성거리면서 주먹을 움켜쥐고 허공에 휘두르며 소리쳤다.

이런 경우를 두고 바로 다 된 밥에 재가 뿌려졌다고 하는 상황이다.

불과 한 시진 남짓만 있으면 수하 이만여 명이 도착하고 대공격이 개시될 텐데, 태무랑 등이 미꾸라지처럼 빠져나가고 있는 것이다.

"공자."

그때 단유천과 함께 앉아 있던 아홉 명의 무극백절 중 한 명이 여유있는 동작으로 천천히 일어나서 그에게 다가오며 툭 내뱉었다.

"갑시다."

그는 사십대 중반의 나이에 약간 야위고 호리호리한 체구인데 창백한 안색에 눈이 움푹 들어가고 얄팍한 입술을 지닌 인물이다. 허리에 검붉은 색의 채찍을 돌돌 말아서 차고 있었다.

"어딜 말이오?"

상대가 수하인 무극백절인데도 단유천은 그에게 하대를 하지 않았으며 태도 또한 정중했다. 그가 무극백절의 제이 위이기 때문이다.

무극신련 내에서 총련주를 제외하곤 가장 고강한 인물이 바로 그다. 사무한(査無限)이 그의 이름이다.

"적안혈귀를 죽이러 갑시다."

사무한의 말에 단유천은 움찔했다.

"진심이오?"

그때 무극백절 여덟 명이 우르르 일어났고, 그중 한 명이 빙그레 미소 지으며 말했다.

"공자, 조장(組長)은 농담을 하지 않소."

그렇게 말한 인물은 일견하기에도 후덕하고 사람 좋아 보이는 사십대 중반의 중년인이었다.

자연스럽게 온화한 미소를 짓고 있으며, 장사 잘되는 주루의 주인 같은 인상의 소유자다. 그는 무극백절 제삼 위인 대방산(大方山)인데 무림인, 아니, 무공을 전혀 할 줄 모르는 사람처럼 보였다.

대방산이 사무한을 '조장'이라고 부른 이유는, 총련주인 환우천제 화명군을 제외한 무극백절 이 위부터 십 위까지 아홉 명이 하나의 조(組)로 편성되어 있기 때문이다.

화명군이나 다른 누가 조를 이루라고 명령한 것이 아니고, 또한 어떤 필요에 의한 것도 아니다.

무극백절 이 위부터 십 위까지는 초절고수 중에서도 최상위에 속하는 인물들이다.

그들 스스로 십 위 아래의 무극백절하고는 격이 다르다고 확신하고 있다.

그리고 실제 그들은 모든 면에서 다른 무극백절하고는 비교도 되지 않을 정도로 완벽한 존재들이다.

그들은 제일 위 화명군을 제외하곤 어느 누구도 자신들하고 어울리거나 동급이라고 생각하지 않았다.

그래서 언젠가부터 그들은 아홉 명끼리만 뜻을 공유하고 대화를 하며 어울렸다.

그런데 오랜 세월이 지나며 그것이 굳어지면서 자연스럽게 하나의 작은 조직, 즉 '조'가 결성된 것이다.

다른 무극백절은 이들 아홉 명을 '초절조(超絶組)'라고 부르곤 한다.

하지만 이들 스스로는 그냥 '구인조(九人組)'라고 부르는 것을 좋아한다.

물극필반(物極必反), 모든 사물이 극에 달하면 반드시 반전을 하고, 기만즉경(器滿則傾), 그릇도 가득 차면 넘친다는 논리에 의한 이름이다.

즉, 이들은 자신들이 너무 초극하여 다시 평범함으로 돌아갔다고 생각한다.

말하자면 구인조란 '평범한 아홉 사람의 조'라는 의미다. 극도로 오만하기까지 한 이름이다. 자신들을 초월자라고 생각하는 것이다.

단유천은 사무한과 대방산의 말에 마음이 크게 움직였지만 여전히 승부를 점치지 못해서 재차 물었다.

"가능하겠소?"

사무한이 조용히 단유천을 응시하며 나직한 목소리로 대답했다.

"구인조가 적안혈귀와 철화빙선을 맡겠소. 설마 우리 아홉 명이 그 둘을 상대하지 못할 것이라고 생각하시오?"

태무랑과 철화빙선이 뱀의 대가리다. 대가리를 잘라 버리면 아무리 크고 포악한 뱀이라고 해도 끝장이다.

무극백절의 다른 자들, 즉 단유천을 제외한 칠십구 명이 철화천궁 고수들을 공격하는 사이에 단유천과 구인조가 태무랑과 철화빙선을 집중적으로 공격한다면 승산이 있다.

아니, 승산 정도가 아니라 기필코 태무랑을 죽이고 옥령과 천자필사를 구해낼 수 있을 것이다.

단유천은 의기가 충만해져서 큰 걸음으로 입구 쪽으로 걸어갔다.

"갑시다."

단유천은 무극백절 팔십사 명을 이끌고 출발했다.

이곳은 남경성주의 대장원이다.

*　　*　　*

태무랑 일행은 남경을 출발한 지 반 시진 만에 사십여 리를 달려 진진하(秦進河)라는 강에 이르렀다. 그곳이 남경에서 대모산까지의 딱 절반 거리다.

태무랑의 구준마와 벽교상이 탄 백마는 명마라서 반 시진에 백 리 이상을 달릴 수 있다.

하지만 뒤따르는 무령왕 부부의 마차와 고수들이 느리기 때문에 그들의 속도에 맞추다 보니 반 시진에 사십여 리밖에 오지 못했다.

우두두두—!

지금 태무랑 일행이 달리고 있는 곳은 드넓은 평야 지대다. 남경에서 남쪽의 대모산까지는 평야 지대며 그 중간에 진진하가 흐르고 있다.

진진하는 동쪽의 적산호(赤山湖)와 남쪽의 대모산, 그리고 동서쪽의 석구호(石臼湖)에서 발원하여 세 줄기로 흐르다가 호숙(湖熟)과 강녕(江寧)이라는 곳에서 차례로 합쳐져 북으로 흘러 남경성 서쪽을 관통하여 장강으로 유입되는 짧은 강이다.

현재 태무랑 일행은 호숙을 오른쪽으로 십여 리쯤 거리를 두고 강을 건너는 중이다.

이곳은 상류 지역이라서 강폭이 넓지 않고 또 깊지 않아서 건너는 데 어려움이 없다.

하지만 말을 타지 않은 사람들은 강 한가운데 이르러 허리까지 물에 잠겨야만 한다.

태무랑과 벽교상, 그리고 무령왕 부부와 태화연이 탄 마차와 측근들은 이미 강을 건너서 평원으로 올라섰으며, 고수들이 속속 강을 건너고 있었다.

총 이천이백여 명은 무질서하게 달리는 것이 아니라 나름대로 대오를 갖추고 있다.

선두 태무랑과 벽교상 바로 뒤의 무령왕 부부가 탄 마차를 측근들이 호위하고, 또 봉화십선의 다섯 명과 철화태상위 백 명이 빙 둘러 에워싼 채 호위하고 있다.

그 뒤를 다섯 개의 열(列)로 철화천궁 남경지부 소속 고수천여 명이 따르고, 그 뒤쪽을 선위단의 철화군단 천 명이 역시 오 열로, 그리고 맨 후미에 봉화십선의 다섯 명이 뒤쪽을 경계하면서 따르고 있다.

그렇게 달리는데도 선두와 후미의 길이가 이백여 장에 이를 정도로 길었다.

우두두두—!

수십 필의 말이 평원을 질풍같이 달리는 소리가 지축을 울렸다.

쐐애액! 피이잉!

그때 갑자기 후미 쪽에서 날카로운 파공음이 터지는 것을 태무랑과 벽교상, 수월화는 동시에 들었다.

구준마 위 태무랑 앞쪽에 앉아 있던 수월화가 재빨리 일어나 손으로 그의 어깨를 짚고 뒤돌아보았다.

미처 강을 건너지 못한 철화군단의 후미를 몇 명의 괴한들이 공격하고 있었다.

수월화가 보기에 괴한들의 무공 수위는 너무도 고강했다. 불과 몇 명의 급습으로 후미의 철화군단 여고수들의 대열이 와해되면서 좌우로 흩어지고 있었다.

하지만 괴한들은 그게 다가 아니다. 후미 뒤쪽에서 근 백여 명에 이르는 괴한들이 속속 후미를 따라잡으면서 공격에 가담하고 있었다.

그리고 수월화의 시선이 그들 속의 한 인물에게 꽂혔다. 태무랑이 화장을 시켜서 그렸던 전신의 단유천 모습과 꼭 닮은 청년이었다.

"단유천이에요!"

수월화의 외침에 태무랑은 움찔 놀랐다가 다음 순간 속에서 불덩어리가 불끈 솟구쳤다.

당장 구준마를 되돌려서 단유천을 상대하고 싶은 마음이 굴뚝같았지만 지금은 선두를 이끌어야 하기 때문에 참을 수밖에 없다.

더구나 그가 후미로 갈 경우 무령왕 부부와 태화연이 탄 마차가 위험해질 것이다.

벽교상이 뒤돌아보며 카랑카랑하게 외쳤다.

"철화군단은 전력으로 놈들을 격퇴시켜라!"

그녀의 명령이 떨어지자마자 후미의 철화군단 천 명이 일제히 멈추면서 몸을 돌려 괴한들, 즉 단유천과 무극백절에게 반격하기 시작했다.

철화군단 천 명은 일사불란했다. 일단 반격이 시작되자 적 한 명에 십여 명씩 포위하면서 합공을 전개했다.

철화군단은 벽교상과 그녀의 모친, 그리고 조모가 심혈을 기울여서 양성한 철화천궁의 최정예 고수들이다.

그들은 여자가 팔백여 명이고 남자가 이백여 명으로 구성

된 혼성 조직이며, 벽교상 직속 조직이기 때문에 여태껏 한 번도 무극신련과 싸워본 적이 없었다.

태무랑은 일단 구준마를 멈추었다. 그러자 벽교상과 뒤따르던 무리들이 연이어서 정지했다.

태무랑이 뒤돌아보자 언덕 아래 강 건너 백사장에서 싸우는 광경이 한눈에 들어왔다. 이곳에서 삼백여 장쯤 되는 거리다.

태무랑은 습격자들이 무극백절이라는 것을 단번에 알아보았다. 그들은 모두 처음 보는 얼굴이지만 무극백절은 뭔가 다르기 때문이다.

태무랑은 무극백절과 여러 차례 싸워봤기 때문에 그들을 어렵지 않게 분간할 수 있다.

그런데 그는 뜻하지 않은 광경을 목격했다. 전혀 기대하지 않았는데 철화군단이 구십여 명에 이르는 무극백절을 완벽하게 차단한 상태에서 협공을 하고 있었디.

단유천과 무극백절은 무리의 후미에 오도가도 하지 못하는 상황이 되어, 또한 철화군단에게 포위당한 채 치열하게 싸우고 있었다.

태무랑은 조금 더 자세히 싸움의 양상을 살펴보다가 한 가지 사실을 깨달았다.

십여 명씩 어울려서 싸우는 수십 개의 작은 무리가 제각기 다른 양상을 띠고 있었다. 무극백절의 어떤 자들은 전전긍긍하고, 어떤 자들은 팽팽하게 접전을 이루었으며, 또 어떤 자들은 시종 우위를 지키면서 철화군단 고수들을 위협하고 있었다.

태무량은 그것이 무극백절 각자의 고르지 않은 무위 때문일 것이라고 간파했다.

즉, 서열이 낮은 자들은 전전긍긍하고, 중간 서열은 팽팽하며, 서열이 높을수록 위력적인 것이다.

태무량이 무극백절과 싸워보고서 깨달은 것이지만, 그들 백 명의 수준은 천차만별이었다.

예를 들어, 태무량이 죽인 열두 명의 무극백절 중에서 가장 고강한 자는 십오 위인 마록이었고, 가장 약한 자는 구십사 위인 도운다강이라는 자였다.

그런데 마록 정도의 초절고수라면 대여섯 명의 도운다강을 너끈히 상대하고도 남음이 있을 정도라고 추측했다. 즉, 십오 위와 구십사 위의 차이는 그렇게 큰 것이다.

철화군단이 무극백절과 좀 더 효율적으로 싸우려면 무극백절의 서열을 파악하여 적절하게 대처해야 한다. 서열이 높은 자에겐 더 많은 수가 협공을 하고, 반대인 자는 적은 수로도 충분히 상대를 할 수가 있는 것이다.

하지만 태무량은 멀리에서 보기 때문에 한눈에 보이지만

실제로 싸우고 있는 철화군단 고수들이 그 사실을 깨달으려면 좀 더 시간이, 그리고 희생이 필요할 것이다. 하지만 그 사실을 일깨워 주면 희생을 최대한 줄일 수 있다.

태무랑은 벽교상을 보며 그런 사실을 재빨리 전음으로 알려주었다.

벽교상은 움찔 놀라더니 주위에 있던 봉화오선을 불러 태무랑에게 들은 얘기를 그대로 해주었다. 그러자 봉화오선은 곧장 후미로 쏘아갔다.

벽교상은 철화군단과 무극백절이 싸우는 광경을 잠시 지켜보다가 태무랑에게 말했다.

"철화군단이 저자들을 확실하게 묶어둘 거예요. 우린 계속 가요."

저 싸움이 끝나면 철화군단이 괴멸할 수도 있다. 아니면 무극백절 팔십오 명을 모두 죽일 수도 있을 터이다. 하지만 철화군단도 거의 전멸 상태에 이를 것이다.

철화군단은 벽교상이 아끼는 직속 조직이다. 그런데 그녀는 그들을 남겨두고 태무랑에게 계속 가자고 한다.

태무랑은 안쓰럽고도 고마운 눈빛으로 벽교상을 쳐다보았고, 수월화 역시 같은 심정으로 그녀를 바라보았다.

두 사람의 마음을 아는지 벽교상이 방긋 미소 지으며 발뒤꿈치로 백마의 옆구리를 가볍게 차며 말을 전진시켰다.

"어서 가요."

태무랑도 즉시 그녀의 뒤를 따랐다. 이어 무령왕 부부의 마
차와 측근들, 고수들이 줄줄이 지축을 울리면서 다시 달리기
시작했다.

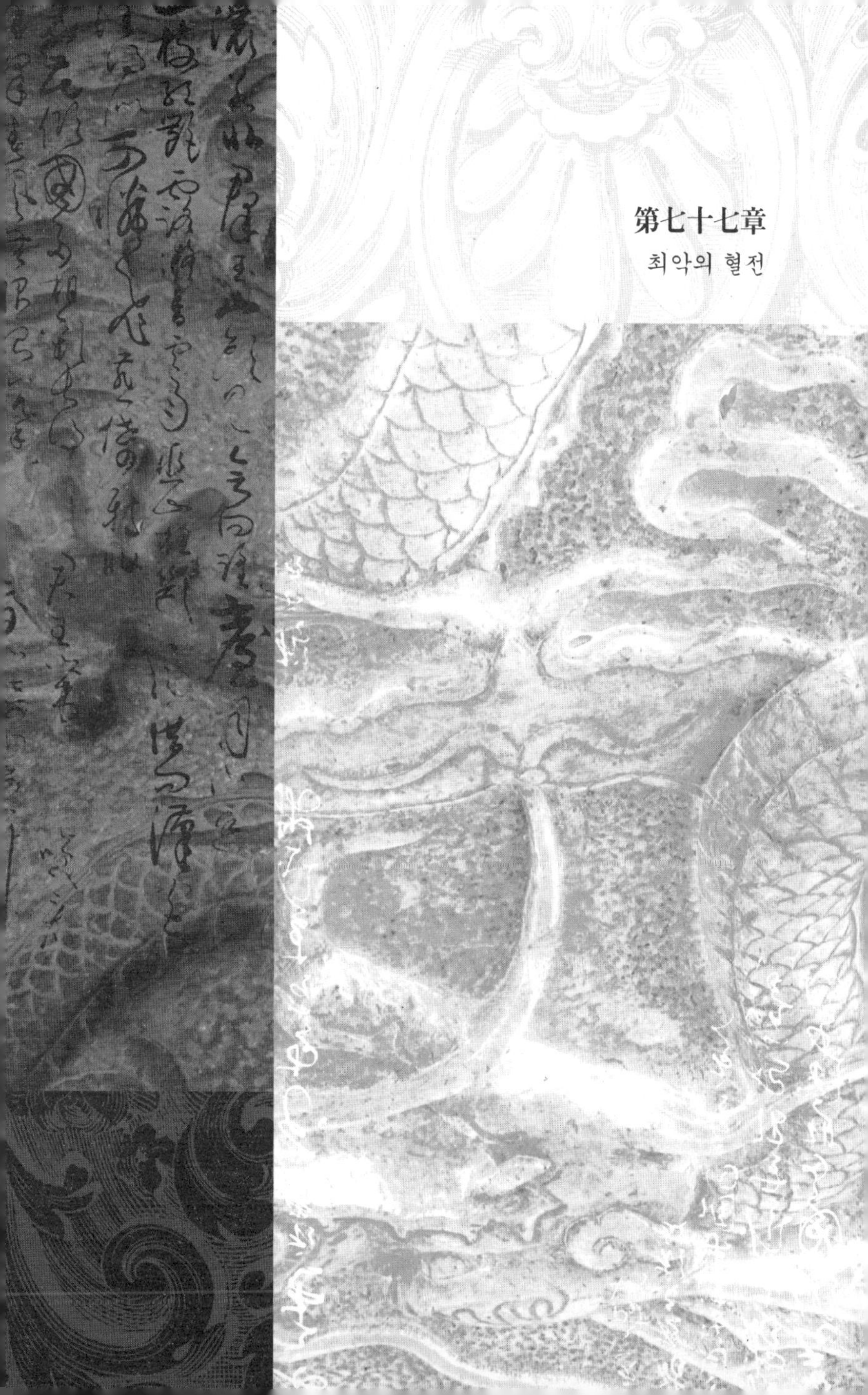

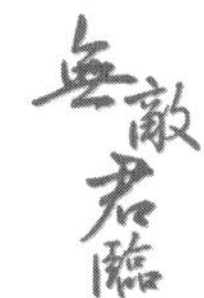

태무랑과 벽교상은 철화군단을 남겨두고 계속 달렸다.

그는 나란히 달리고 있는 벽교상이 자꾸만 뒤를 돌아보고 있다는 사실을 알고 있으나 아무 말도 하지 않았다. 아니, 할 말이 없었다.

그러다가 그는 힐끗 뒤돌아보았다. 무령왕 부부와 태화연이 탄 마차 주위로 비한과 은지화, 우장오위와 좌장거의 장수들, 그리고 봉화십선의 네 명, 철화태상위 등이 호위하고 있는 모습이 보였다.

저 정도의 철통같은 호위면 한동안 안심해도 될 것 같다는 생각이 들었다.

문득 비한과 시선이 마주쳤다. 비한이 가볍게 고개를 끄덕였다. 태무랑의 마음을 간파한 것이다.

슈욱!

태무랑과 비한이 동시에 마상에서 신형을 날려 위로 솟구쳐 오르더니 비조처럼 강 쪽을 향해 날아갔다.

순간 수월화와 벽교상은 깜짝 놀랐으나 두 사람의 행동은 각기 달랐다.

벽교상은 마상에서 번쩍 신형을 뽑아 올려 두 사람을 따라갔고, 수월화는 뒤돌아보며 멀리 사라지는 태무랑을 눈으로 좇았다.

수월화는 태무랑이 왜 후미로 날아가는 것인지 짐작했으며, 자신이 무엇을 해야 하는지 깨달았다.

그녀가 선두에서 계속 무리를 이끌고 남진해야 하는 것이다. 태무랑은 아무 말도 하지 않았으나 그녀가 그렇게 해주기를 원할 것이다.

그리고 그것만이 태무랑을 돕는 길이다. 누구보다도 태무랑을 돕고 싶지만 그녀에겐 그런 능력이 없다.

후미로 쏘아가던 태무랑과 비한은 후미 쪽에서 일단의 무리가 수직으로 솟구쳐 올랐다가 이쪽으로 마주 쏘아오고 있는 것을 발견했다.

그들은 열 명이고, 태무랑은 그들 중에서 한 명만 알아볼
수 있었다.

그들 중에 단유천이 섞여 있었다. 그는 선두가 아니고 뒤쪽
에 처져서 쏘아오고 있다. 그것은 다른 아홉 명이 단유천보다
고강하다는 뜻이다.

태무랑은 단유천을 보는 순간 걷잡을 수 없는 살심이 솟구
쳤지만 가라앉히려고 애썼다.

지금 상황에서는 지나친 흥분이 아무런 도움이 되지 않는
다고 생각했기 때문이다.

지금은 어느 때보다도 냉정하게, 그리고 전력을 다해서 대
처해 나가야만 한다.

또한 지금은 단유천을 죽이는 것보다 피해를 최소화하면
서 버티는 것이 관건이다.

그러다가 절정문이든 대모산에서 출발한 삼천 명의 기마
병이든 도착하기만 하면 그때 단유천을 죽이는 것에 전력을
다해도 늦지 않을 터이다.

서로에겐 절대로 물러서지 못할 이유가 있기 때문이다. 태
무랑은 단유천을 죽이기 위해서, 단유천은 태무랑을 죽이고
옥령과 천자필사를 구하기 위해서다.

벽교상이 어느새 바짝 따라붙어 태무랑 옆에서 나란히 쏘
아갔다.

단유천과 함께 마주 쏘아오고 있는 자들은 다름 아닌 무극
백절의 이 위부터 십 위까지인 구인조다. 선두는 오 위 정극(鄭
克)이라는 자와 칠 위 일척살(一擲殺)이라는 자다. 하나같이 무
시무시한 자들이다.

상대는 무려 열 명인데 태무랑 쪽은 단 세 명뿐으로 이미
수에서 열세다.

더구나 모르긴 해도 십중팔구 상대는 무극백절의 최상위
초절고수들일 것이다.

태무랑은 바짝 긴장했다. 지금까지 수도 없이 많은 싸움을
해왔지만 지금처럼 긴장하기는 처음이다. 벽교상과 비한도
태무랑하고 같은 심정일 것이다.

태무랑은 쏘아가는 중에 어깨의 염마도를 뽑아 두 개를 연
결했고, 비한도 한 쌍의 봉을 뽑아 장창을 만들어 움켜잡았
다. 처음부터 전력을 다 쏟아낼 각오다.

벽교상은 이십여 장 앞으로 쏘아온 적들의 면면을 빠르게
훑어보았다.

그리고는 그들 중에 가장 고강할 것 같은 자를 찾아냈다.
바로 구인조의 조장 사무한이다. 과연 그녀의 눈은 정확했다.
그녀는 사무한을 상대할 생각이다.

태무랑과 비한은 각각 상대를 정했다. 적의 선두에서 쏘아
오고 있는 정극과 일척살이다.

단유천의 목표는 태무랑이겠지만 지금으로서는 단유천을 상대할 만한 여유가 없다. 더 강할 것 같은 자를 제거하는 것이 우선이다.

적들이 오 장여로 좁혀오자 태무랑은 벽교상과 비한에게 짧은 전음을 보냈다.

[절대 죽지 마라.]

벽교상과 비한은 대답하지 않았다. 대신 두 사람은 어금니를 악물고 적들과 맞부딪쳐 갔다.

태무랑은 적들이 열 명이라는 다수를 믿고 합공을 할 것이라고 짐작했다.

그러므로 이쪽에서는 정확하게 표적을 정하고 선공에 치명타를 안겨야 한다.

만약 그것이 성공한다면 적은 열 명에서 일곱 명으로 대폭 줄어들게 될 것이다.

태무랑은 오행지기를 극한으로 끌어올려 두 팔에 모으고 적들을 마주쳐 갔다. 아직까지는 자신이 누굴 표적으로 삼았는지 적이 몰라야 하기 때문에 전체를 상대하려는 것처럼 돌진해 갔다.

그는 자신이 점찍은 상대 정극에게 염마오행도를 전력으로 공격하다가 기회를 엿봐서 왼손으로 오행운라강을 전개할 계획이다.

그러기 위해서는 제일초 염마오행도로 상대를 옴짝달싹 못하게 만들어야만 한다.

태무랑은 이 싸움에서 자신의 모든 것을 모조리 쏟아부어야 한다고 생각했다.

예전에도 그는 싸울 때 번거로운 자존심이나 예의 같은 것은 신경을 쓰지 않았었으나 지금은 더욱 그럴 때다. 그리고 적을 한 명이라도 더 죽일 수만 있다면 어떤 사악하고 비열한 방법이라도 마다하지 않을 것이다. 살아야 하고, 무조건 단유천을 죽여야만 한다.

적들은 태무랑 일행과의 거리가 가까워지자 선두가 갑자기 약간 속도를 늦추어 뒤쪽의 단유천과 무극백절이 선두와 나란히 할 수 있도록 배려했다.

그로써 순식간에 단유천과 구인조가 일렬로 나란히 쏘아오게 되었다.

그것은 열 명이 합공으로 한꺼번에 태무랑 등 세 명을 상대해서 무력화시키겠다는 뜻이다.

그것만 보더라도 그들 역시 방심하지 않을뿐더러 태무랑 등을 무슨 일이 있어도 반드시 죽이겠다는 의지가 확고함을 알 수 있다.

이심전심(以心傳心)인가. 태무랑은 물론이고 벽교상, 비한도 자신들이 점찍은 표적을 놔두고 다른 자들을 향해 공격해

가는 듯한 동작을 취했다.

태무랑은 단유천을, 벽교상은 대방산을, 비한은 또 다른 무극백절을 향해 공격을 개시했다.

태무랑 등 세 사람의 표적이 된 세 명은 지체없이 무기를 떨치거나 장력을 발출하여 반격했다.

그러나 다음 순간 태무랑과 벽교상, 비한은 방향을 슬쩍 틀어 원래 자신들이 점찍었던 자들을 향해 일제히 맹렬하게 공격을 퍼부었다.

콰우웅!

세 명의 공격이 얼마나 굉장한지 고막을 찢고 심장을 울릴 만한 굉음이 터져 나왔다.

태무랑 등이 동시에 공격했으나 벽교상의 일장이 가장 빨리 사무한에게 도달했다. 그녀가 세 명 중에서 가장 고강하다는 뜻이다.

그녀의 무시무시한 기세를 보고는 시무힌은 조금도 방심하지 못했다. 그는 벽교상이 느닷없이 방향을 틀어 자신을 공격하자 미처 피하지 못하고 쌍장을 들어 장력을 발출하며 마주 반격했다.

만약 벽교상이 처음부터 그를 표적으로 공격을 했더라도 지독히 빨라서 쉽사리 피하기는 어려웠을 터이다.

쩌르릉!

엄청난 폭음과 함께 벽교상과 사무한은 동시에 뒤로 비슷한 거리를 튕겨졌다.

그 바람에 사무한은 동료 아홉 명의 뒤로 삼사 장가량 밀려났으며, 순간 벽교상이 알록달록한 옷자락을 펄럭이면서 한 마리 봉황처럼 지체없이 그를 공격해 갔다.

쿠우우―

태무랑의 염마도가 정극의 목을 오른쪽에서 왼쪽 수평으로 정확하고도 맹렬하게 베어갔다.

그 기세가 워낙 빠르고 위력적이어서 정극은 흠칫 놀랐다. 그러나 속으로만 찰나지간 놀랐을 뿐이지 얼굴에는 추호도 드러나지 않았다.

사실 정극은 방금 전까지도 태무랑을, 아니, 적안혈귀를 지나치게 과소평가하고 있었다.

그에 대한 정보가 그것을 대변해 주었다. 또한 그가 무극백절 열두 명을 죽였다는 놀라운 사실을 알고 있기는 하지만, 하나씩 파헤쳐 보면 당시 그에게 대단한 운이 따라주었다는 사실을 짐작할 수가 있다.

그래서 적안혈귀가 자신에게 걸리면 죽음을 면치 못할 것이라고 확신하고 있었다.

정극은 석 자 반 길이의 거무튀튀한 반도검(半刀劍)을 사용하고 있다. 절반의 도와 절반의 검의 기능을 갖춘 기형 무기가 반도검이다.

또한 그의 반도검 양쪽 날 끝 부분과 중간 두 군데에는 기러기 날개처럼 비스듬히 한 뼘 반 길이로 돌출된 또 다른 네 개의 칼날이 있었다. 하지만 그것이 무슨 역할을 하는지는 알 수가 없는 상태다.

태무랑의 공격이 빠르긴 하지만 정극은 충분히 피할 수 있다고 판단했다.

하지만 그는 피하지 않았다. 원래 고수, 더구나 초절정고수쯤 되면 적의 공격을 피하는 것을 마뜩찮게 여긴다. 그래서 반격을 하여 오히려 상대를 죽이는 것을 즐겨한다. 그런 점에서 정극도 예외가 아니다.

또한 그는 반도검 양쪽에 부착된 네 개의 특수한 기능으로 적을 궁지에 빠뜨리는 것을 아주 좋아한다. 그리고 지금이 바로 그런 기회다.

그는 반도검을 그대로 태무랑의 염마도에 부닞쳐 갔다. 그러면서 왼손에 공력을 모았다.

반도검의 칼날과 거기에 부착된 기러기 날개 사이에 염마도를 끼워서 비틀면 단번에 부러지고 말 것이다. 반도검은 염마도에 비해서 절반밖에 안 되는 길이지만 강도(强度)만큼은 타의 추종을 불허한다.

정극은 이제껏 상대의 무기를 기러기 날개 사이에 끼워서 비틀기, 즉 안우염(雁羽捻)을 시도하여 부러뜨리지 못한 무기가 한 번도 없었다.

그렇게 해서 태무랑의 염마도가 부러지는 순간 왼손 일장으로 태무랑을 저승으로 보내줄 생각이다. 태무랑과 같은 생각을 하고 있는 것이다.

쩌껑!

염마도와 반도검이 강하게 부딪쳤다. 순간 정극은 오른손에 슬쩍 힘을 주어 염마도를 기러기 날개, 즉 안우 사이로 미끄러뜨리는 것과 동시에 힘껏 비틀면서 공력이 잔뜩 실린 왼손으로는 태무랑의 얼굴을 후려쳐 갔다.

그런데 그로서는 추호도 예상하지 않았던 일이 일어났다.

스파아앗!

두 자루 무기가 격돌하는 순간 염마도에서 오색의 빛살이 눈부시게 뿜어져 그의 얼굴과 가슴, 복부 등으로 쏘아오는 것이 아닌가.

거리가 너무 가까웠으므로 피한다는 것은 도저히 꿈도 꿀 수 없는 일이다.

정극은 무기끼리 부딪치는 순간 상대의 무기에서 그런 빛살이 뿜어질 줄은 추호도 예상하지 못했다.

찰나지간에 그가 느낄 수 있었던 것은, 몇 개인지 미처 보지도 못한 그 빛살들이 도강(刀罡)일 것이라고 추측했다는 정도에 불과했다.

정극은 반도검을 놓으면서 전력으로 몸을 뒤집었다. 무기를 포기하면서까지 다섯 줄기 빛살을 피해보려는 최후의 발악이다.

스퍼퍼어…….

그 순간 다섯 줄기 빛살, 즉 오행지강(五行之罡)은 정극의 얼굴 옆면과 겨드랑이 아래, 그리고 옆구리를 관통하여 반대편으로 빠져나갔다.

그래도 그는 최후의 발악으로 두 줄기를 피할 수 있었다. 하지만 죽음을 모면하지는 못했다.

정극은 태무랑을 과소평가했지만, 반대로 태무랑은 그를 과대평가한 것 같다.

아니면 태무랑이 자신의 실력을 과소평가했을지도 모른다. 그는 자인원에서의 마지막 싸움 이후 실력이 꽤 증진됐다는 사실을 방금 전까지만 해도 깨닫지 못하고 있었다.

그가 자신이 알고 있는 무공을 네 가지로 정리하여 그것에 매진한 것이 좋은 결과를 가져다준 것이다.

태무랑과 정극이 정정당당하게 싸우게 될 경우 어떤 결과가 나올지는 아무도 모른다.

그는 이미 죽었기 때문이다. 하지만 어쨌든 태무랑이 이겼다. 그의 임기응변과 기발한 작전의 승리다. 적들은 그것을 일컬어서 '운이 좋았다'라고 말한다. 하지만 태무랑은 그것도 실력이라고 생각한다.

정극의 몸이 극양지기와 극음지기, 토기에 의해서 타고, 얼고, 산산이 부서질 때, 태무랑은 이왕에 왼손에 모은 오행운라강을 어디에 쓸 것인지 재빨리 주위를 둘러보았다.

비한은 소나기처럼 장창으로 극강의 박투창술을 전개하여 일척살을 무섭게 몰아치고 있었다. 두 사람은 막상막하를 이루었다.

적을 일 초식 만에 죽인다고 해서 일척살이라는 별호를 얻은 그는 최초의 일 초식을 전개하고는 연신 뒤로 밀리면서 비한의 장창을 피하고 막기에 여념이 없는 상황이다.

그러나 벽교상과 사무한은 언뜻 봐서는 어떤 상황인지 짐작하기가 어려웠다.

두 사람의 두 번째 장력이 격돌하기 직전이었다. 사무한은 벽교상의 너무도 빠른 공격에 자신의 무기인 허리의 채찍을 잡을 겨를조차 없는 듯했다.

두 사람이 뒤쪽으로 밀려나 있었기 때문에 거리가 좀 멀었으나 태무랑은 벽교상을 돕기로 결정했다.

그가 왼손을 휘두르자 하나의 오색 운라가 맹렬하게 회전하면서 뿜어져 나갔다.

후오오—

접시처럼 납작한 모양으로 회전하면서 빛처럼 빠르게 쏘아가는 운라는 오색 빛깔이 반짝이고 있었다. 오행지기가 모두 담겨 있기 때문이다.

쩌르릉!

벽교상과 사무한의 장력이 정면으로 격돌하면서 엄청난 천둥소리가 터졌고, 두 사람은 상체를 크게 흔들면서 뒤로 밀려 날려갔다.

울컥!

벽교상의 입에서 핏덩이가 토해졌다. 두 번의 장력 격돌로 그녀는 가볍지 않은 내상을 입었다. 그렇다는 것은 공력 면에서 사무한이 약간 우위라는 것이다.

그녀는 퉁겨지고 있는 자신의 옆을 스치면서 하나의 운라가 빛처럼 빠르게 사무한에게 쏘아가는 것을 발견했다.

순간 그녀는 그것이 태무랑이 발출한 것임을 직감했다. 그가 오행지기를 사용한다는 사실을 알고 있기 때문이다.

그녀는 퉁겨지는 몸을 즉시 멈추면서 사무한을 향해 재차 쏘아가며 공력을 오른손에 모았다.

퉁겨 밀려나는 사무한은 자신을 향해 하나의 운라가 믿기 어려운 속도로 쏘아오는 것을 발견하고는 흠칫 가볍게 안색이 변했다.

그것이 무엇인지, 누가 발출했는지는 모르지만 피하지 못하면 치명적이라는 것을 직감했다.

그렇지만 벽교상과 일장을 교환한 후에 그 반탄력으로 튕겨지고 있어서 자세가 흐트러진 상황이므로 피하는 것은 불가능했다.

쉬아악!

그는 재빨리 자신의 오른쪽 허리에 차고 있던 채찍을 풀었다. 아니, 풀었다고 여긴 순간 그것이 펼쳐지면서 그 끝이 운라를 향해 무서운 속도로 쏘아갔다.

그는 이 상황에 채찍을 잡을 수 있게 되어 오히려 전화위복이라고 생각했다.

이제 운라를 퉁겨내고 나면 벽교상을 상대하는 것은 어려운 일이 아니다. 그의 채찍은 그를 오늘의 위치에 있게 해준 성명무기인 것이다.

또한 그의 채찍은 무적신병이다. 천라은강사(天羅銀鋼絲)를 꼬아서 만든 채찍은 거기에 부딪치는 어떠한 무기라도 가루로 만들어 버리는 괴력을 지니고 있다.

그는 쏘아가는 채찍 너머에서 벽교상이 덮쳐 오고 있는 것을 발견하고 흐릿한 미소를 머금었다.

그러면서 문득 그녀가 몹시 아름답다는 것과 품에 안고 싶다는 생각이 들었다.

그는 여자에 대해서는 몹시 무심한 사람으로 알려져 있다.

하지만 그것은 그를 잘못 알고 있는 것이다. 그는 매우 눈이 높아서 웬만한 여자는 눈에 들어오지 않는다.

오직 한 여자, 옥령이 마음에 든 적이 있는데 그녀에겐 이미 단유천이라는 부동의 임자가 있었다.

그런 그가 지금 벽교상을 보면서 욕정을 느끼고 있었다. 천하제일미라고 해도 과언이 아닐 절대미모의 소유자인 벽교상이 아닌가.

그래서 그는 벽교상을 죽이지 말고 제압하여 싸움이 끝난 이후에 재미를 좀 봐야겠다고 엉큼한 생각을 품었다.

그런데 채찍 끝에 운라가 적중되기 직전에 갑자기 운라가 작은 폭발을 일으켰다.

퍽!

쐐애애—!

그 순간 다섯 줄기의 오색 빛살이 사무한을 향해 무섭게 쏘아왔다.

그는 움찔 놀라며 몸을 기이하게 비틀면서 수중의 채찍을 번개같이 떨쳤다.

파파파—!

아슬아슬하게 그는 오색 빛살 중에 두 개를 피하고 세 개를 채찍으로 퉁겨냈다.

그와 동시에 그는 벽교상이 자신을 향해 공격해 오고 있었다는 사실을 기억해 내고 재빨리 그녀를 쳐다보았다.

"……."

그런데 그녀의 모습이 보이지 않았다. 놓친 것이다. 팽팽하게 접전을 벌이고 있는 도중에 상대를 놓쳤다는 것은 곧 패배이며 죽음을 의미한다. 불길함이 그를 엄습했다.

위잉!

그때 느닷없이 사무한의 머리 위쪽에서 묵직한 파공음이 흘러나왔다.

쳐다볼 여유가 없다. 벽교상이 분명했다. 또한 파공음으로 미루어 피할 겨를도 없다.

사무한은 전력을 다해서 어깨를 흔들어 우측으로 이동하는 것과 동시에 벽교상이 있을 것이라고 짐작되는 방향을 향해서 채찍을 떨쳤다.

퍽!

몸이 우측으로 반 자쯤 이동했을 때 그는 왼쪽 어깨에 둔탁한 일격을 적중당했다. 벽교상의 일장이다.

그로 인해 몸이 팽그르르 회전하면서 머리 위로 휘둘렀던 채찍이 더 빨리 쏘아갔다.

파아—

"윽!"

채찍 끝이 사무한의 머리 위 일 장 반 허공에 떠 있던 물체를 꿰뚫었다.

뼈와 살을 뚫는 익숙하고도 기분 좋은 느낌이 손에 전해지자 그는 회심의 미소를 지었다.

그리고 승리를 확신하면서 아깝지만 이제는 벽교상을 죽여야겠다고 생각했다.

예상했던 것보다 훨씬 고강한 그녀를 제압할 자신이 없어졌기 때문이다. 욕정을 채우는 것보다는 살아남는 것이 먼저다.

그는 손에 전해진 느낌으로 채찍이 벽교상의 몸통을 관통했다고 짐작했다.

이제는 손목을 아주 가볍게 살짝 흔들기만 하면 채찍이 그녀의 몸을 산산조각내고 말 것이다.

"……!"

그런데 팽팽하게 뻗어 있던 길이 삼 장의 채찍이 갑자기 느슨해졌다.

아주 잠깐 사이에 그는 벽교상이 채찍에서 빠져나간 것인지 아니면 무엇 때문인지 이유를 알지 못했다.

왼쪽 어깨에 일격을 적중당하는 바람에 회전하던 그의 몸 앞면이 위쪽을 향하게 되었다. 그렇지만 벽교상의 모습은 보이지 않았다.

제아무리 무극백절의 제이 위이고 구인조의 조장인 그라

고 해도 상대가 시야에 들어와야 공격을 하든가 뭐라도 할 수
가 있다.

　싸우는 도중에 상대를 놓치는 것은 눈을 가리고 싸우는 것
이나 다름이 없다.

　휘리릭!

　"헛!"

　그때 뭔가가 그의 몸을 번개같이 휘감았다. 그의 몸은 오
른쪽 위로 회전하고 있는데 알 수 없는 물체는 왼쪽에서 아
래로 몸을 감는 중이어서 꼼짝할 수가 없는 상태가 돼버렸
다.

　그는 순식간에 두 팔까지 몸과 함께 묶여 버려서 공격은커
녕 방어조차 할 수 없는 신세가 됐다.

　척!

　순간 하늘을 향해 누운 자세인 그의 몸 위에 하나의 물체가
포개졌다.

　"헉!"

　그 물체가 벽교상이며, 위를 향해서 누워 있는 자세인 그의
몸 위에 그녀가 아래를 향해 엎드린 자세로 포개져 있으며,
또한 자신의 얼굴과 불과 한 뼘 위에서 그녀가 흐릿하게 미소
짓는 것을 발견하고는 사무한이라고 해도 식겁하지 않을 수
가 없다.

벽교상의 목에서 반 뼘쯤 아래에 채찍 끝이 깊숙이 꽂혀 있는 것이 보였다.

그녀는 채찍에 꽂힌 상태에서 천근추의 수법을 발휘하여 채찍으로 사무한을 감아버린 것이다.

그것은 그처럼 위급한 상황에서 그녀가 취할 수 있는 가장 빠르고도 완벽한 수법이었다.

사무한의 눈이 부릅떠질 때 벽교상의 주먹이 그의 얼굴을 찍어버렸다.

뻐걱!

비명은커녕 한마디 신음조차 없었다. 불과 한 뼘 거리에서 내리찍은 벽교상의 주먹은 사무한의 얼굴 한복판을 뚫고 뒤통수로 튀어나왔다.

벽교상은 명치에서 두 치 위쪽에 채찍 끝이 등 밖으로 관통된 상태지만, 무극백절 중에서 가장 고강한 사무한을 죽였다는 만족감으로 입가에 흐릿한 미소가 피어올랐다.

그런 찰나간의 승리감 때문에 죽음의 그림자가 추호의 기척도 없이 자신에게 다가오고 있다는 사실을 알아차리지 못했다.

태무랑이 오행운라강을 날리고 벽교상이 사무한을 공격하여 죽이기까지의 설명은 길었으나 사실 한 호흡 정도의 순식간에 일어나고 끝난 일이다.

벽교상이 미소를 지으며 힐끗 쳐다보자 태무랑은 정극을 향해 두 번째 공격을 퍼붓는 중이었다. 그래서 그녀는 이제 그를 도우러 가야겠다고 생각했다.

"……!"

순간 그녀는 뭔가를 느꼈다. 그것은 어떤 파공음이나 기척 같은 것이 아니라 본능적인 '느낌' 같은 것이다. 유령이 있는 장소에 들어갔을 때 갑자기 등골이 쭈뼛하는 그런 섬뜩한 느낌이다.

획!

그녀는 재빨리 고개를 돌려 위쪽을 쳐다보려고 했다.

팍!

"끅!"

순간 그녀는 얼굴 한쪽이 박살 나서 찢어져 나가는 듯한 둔탁한 충격을 받았다.

그녀의 오른쪽 뺨에는 경뢰궁주를 죽였던 바로 그 괴이한 암기가 깊숙이 꽂혀서 맞은편 왼쪽 뺨으로 삐죽 튀어나와 있었다.

만약 그 순간에 얼굴을 돌리지 않았다면 암기가 그녀의 뒤통수에 꽂혔을 것이다.

그리고 그녀는 자신의 위쪽에서 사람 좋은 주루 주인 같은 대방산이 히죽 미소를 지으며 하강하고 있는 것을 발견하곤 눈앞이 흐려지기 시작했다.

태무랑은 자신의 공격을 정극이 피하는 순간 왼손으로 오행운라강을 발출하려다가 벽교상이 처해 있는 광경을 발견하고 안색이 확 급변했다.

순간 그는 정극에게 발출하려던 오행운라강을 벽교상 위쪽의 대방산에게 힘껏 쏘아내면서 전력을 다해서 그쪽으로 날아갔다.

대방산은 오른손 손목만을 가볍게 움직여서 뭔가를 빙빙 회전시키고 있었다.

그것은 마치 바람개비 같은 것인데, 지름 한 뼘 반 정도의 원을 형성한 상태에서 은빛을 반짝이며 무척 빠른 속도로 회전하고 있었다.

조금 전에 태무랑이 사무한에게 오행운라강을 발출하는 것을 목격했던 대방산은 자신에게 번갯불처럼 쏘아오고 있는 오색 운라를 보면서 결코 방심하지 않았다.

얼굴로는 여전히 빙그레 온화한 미소를 짓고 있지만, 그는 뚱뚱한 몸을 재빨리 등실 위로 상승시키면서 호신강기를 일으켰다.

투투퉁!

대방산의 지척에서 폭발한 운라는 다섯 개 오행지강으로 변해서 쏘아갔으나 그가 적시에 일으킨 호신강기에 부딪쳐서 모조리 튕겨져 나갔다.

그사이에 태무랑은 사무한과 한 덩이가 되어 추락하고 있는 벽교상 바로 위에 이르렀다.

"상아!"

"낭랑……."

그녀는 은빛 암기를 뺨에 꽂은 채 그를 향해 예쁘게 웃어 보이려고 애썼으나 미소가 지어지기는커녕 뺨이, 아니, 얼굴 전체가 조각나는 것처럼 고통스러울 뿐이다.

태무랑은 벽교상 바로 위를 빠르게 스쳐 지나가면서 그녀의 눈이 아름답게 빛나고 있는 것을 발견했다. 그리고 그녀의 눈이 빛나는 이유가 사랑이 가득 담겨 있기 때문이라는 것을 깨달았다.

그녀의 눈은 사랑으로 반짝이고 있으나, 태무랑의 눈은 분노로 이글거렸다.

그는 곧장 대방산을 향해 쏘아갔다. 그녀를 돌보고 싶은 마음이 간절했으나 그럴 상황이 아니다.

대방산이, 그리고 무극백절이 그와 벽교상을 내버려 두지 않을 테니까 말이다.

또한 태무랑은 냉정해지려고 무진 애를 썼으나 마음먹은 대로 되지 않았다.

저기 벙글거리면서 미소 짓고 있는 자가 경뢰궁주를 죽였으며 방금 벽교상을 죽이려 들었기 때문이다.

아니, 필경 벽교상은 죽게 될 것이다. 얼굴에 암기를 관통당한 상태로는 길어봐야 몇 호흡을 버티지 못하고 죽고 말 터이다.

거기까지 생각이 미치자 태무랑은 이성이 마비될 정도로 분노했다. 분노를 억누르는 것 자체가 무리였다.

그 순간 그는 눈앞에서 무언가 반짝이는 것을 발견하고는 위기를 직감했다.

아무 소리도 기척도 감지하지 못했는데 그 반짝이는 물체는 어느새 반 장 앞까지 쇄도하고 있으며, 그의 심장을 향해 쏘아오고 있었다.

그는 그것이 경뢰궁주를 죽이고 벽교상을 저 지경으로 만든 그 염병할 놈의 암기인 것을 알아보았다. 아무런 소리도 기척도 없으며 눈에 잘 보이지도 않는다. 그저 흐릿하게 반짝일 뿐이다.

대방산에게 쏘아가고 있는 태무랑이 전력을 다해서 암기를 피하려고 한다면 어쩌면 치명상은 모면할 수 있을지 모른다. 그러나 대방산은 더 악랄한 제이, 제삼의 암기를 계속 쏘아낼 것이 분명하다.

태무랑은 은빛 풍뎅이처럼 미미하게 반짝이면서 쏘아오는 암기 너머의 대방산을 슬쩍 쳐다보았다. 그자는 오른손 손목을 가볍게 움직여서 또다시 바람개비 같은 것을 빙빙 돌리고 있었다.

아마 그것이 암기인 듯했다. 수중에서 빠르게 회전을 시키면 그냥 손으로 던지는 것보다 속도와 위력이 서너 배 이상 증가할 것이다.

그렇게 회전을 최고조에 이르게 하고는 암기를 회전력에 의해서 쏘아내는 것이다.

태무랑은 대방산이 그 암기 외에는 다른 공격 수단을 준비하지 않았다는 사실을 확인했다.

그것만으로도 충분히 태무랑을 상대할 수 있다고 자신, 아니, 자만하는 것 같았다.

태무랑이 어떻게든 두 개의 암기를 처리하고 나면 놈의 코 앞까지 들이닥칠 수가 있을 것이다.

퍽!

그 순간 반짝이는 풍뎅이가 태무랑의 왼쪽 가슴 심장에 쑤셔 박혔다.

살과 뼈를 뚫고 암기의 뾰족한 부분이 등가죽을 찢으면서 튀어나가는 것이 느껴졌다.

그는 잠깐 멈칫하는 듯했으나 가일층 공력을 돋우어 계속 쏘아갔다.

암기가 심장에 꽂히면 치명적이지만 뽑지 않으면 잠깐 동안은 버틸 수가 있다. 그것을 이용하려는 것이다.

대방산과의 거리는 순식간에 이 장으로 줄어들었다. 그때 그가 손에서 돌리고 있던 암기를 발출하자 추호의 기척도 없이, 그리고 태무랑이 지금껏 봐온 그 어떤 물체보다 빠르게 쏘아오기 시작했다.

대방산은 태무랑이 심장에 암기가 적중되고서도 계속 쏘아오고 있는 것이 최후의 발악이라고 판단했다. 그래서 하나를 더 쏘아내서 아예 머리통을 박살 낼 생각이다.

쿠오옴!

그런데 대방산은 태무랑이 자신의 얼굴 정면으로 쏘아오고 있는 암기를 아예 발견하지 못한 듯 무시한 채 염마도를 무지막지하게 그어오자 흠칫 놀랐다.

그는 품속에 암기를 이십여 개쯤 갖고 있지만, 설마 태무랑이 암기 두 개를 심장과 얼굴 정면에 적중당하고서도 공격하리라고는 생각하지 않아서 세 번째 암기를 준비하지 않고 있었다.

태무랑이 얼굴에 암기가 꽂히고서도 계속 공격을 해오면 어떻게 하나 하고 일순간 걱정했으나 대방산은 그럴 리가 없다고 생각했다.

자신의 암기가 얼마나 무서운 파괴력을 지니고 있는지 누구보다 잘 알고 있기 때문이다.

태무랑은 자신의 얼굴로 쏘아오는 암기를 무시했다. 아니, 일단 눈은 보호해야 하므로 고개를 살짝 틀어서 관자놀이 부위에 적중되게 했다. 그리고 염마도를 대방산의 정수리를 향해 그어 내렸다.

퍽!

패액!

암기가 태무랑의 관자놀이 뼈를 부수면서 뚫는 소리와 염마도가 대방산의 정수리를 쪼개는 소리가 동시에 터졌다.

염마도는 대방산의 정수리에서 사타구니까지 일도양단, 두 쪽으로 갈랐다. 절반으로 갈라진 그의 얼굴에는 불신의 표정이 가득 떠올라 있었다.

얼굴과 심장에 암기를 꽂은 태무랑은 기가 흩어지는 것을 느끼면서 추락하기 시작했다.

그런 와중에도 그는 재빨리 주위 상황을 살펴보았다. 저만치 지상에서 비한이 다섯 명의 무극백절에게 둘러싸인 채 고전을 면치 못하고 있는 광경이 보였다. 그가 어떤 상황이며, 또한 중상을 입었는지는 알 수 없다. 그런 것까지 살필 겨를이 없다.

그리고 단유천과 무극백절 두 명이 태무랑과 벽교상을 향해 쏘아오고 있는 것을 발견했다.

　기회를 노리고 있던 단유천은 태무랑이 대방산에게 중상을 당하는 것을 보고 피 냄새를 맡은 늑대처럼 달려들고 있는 것이다.

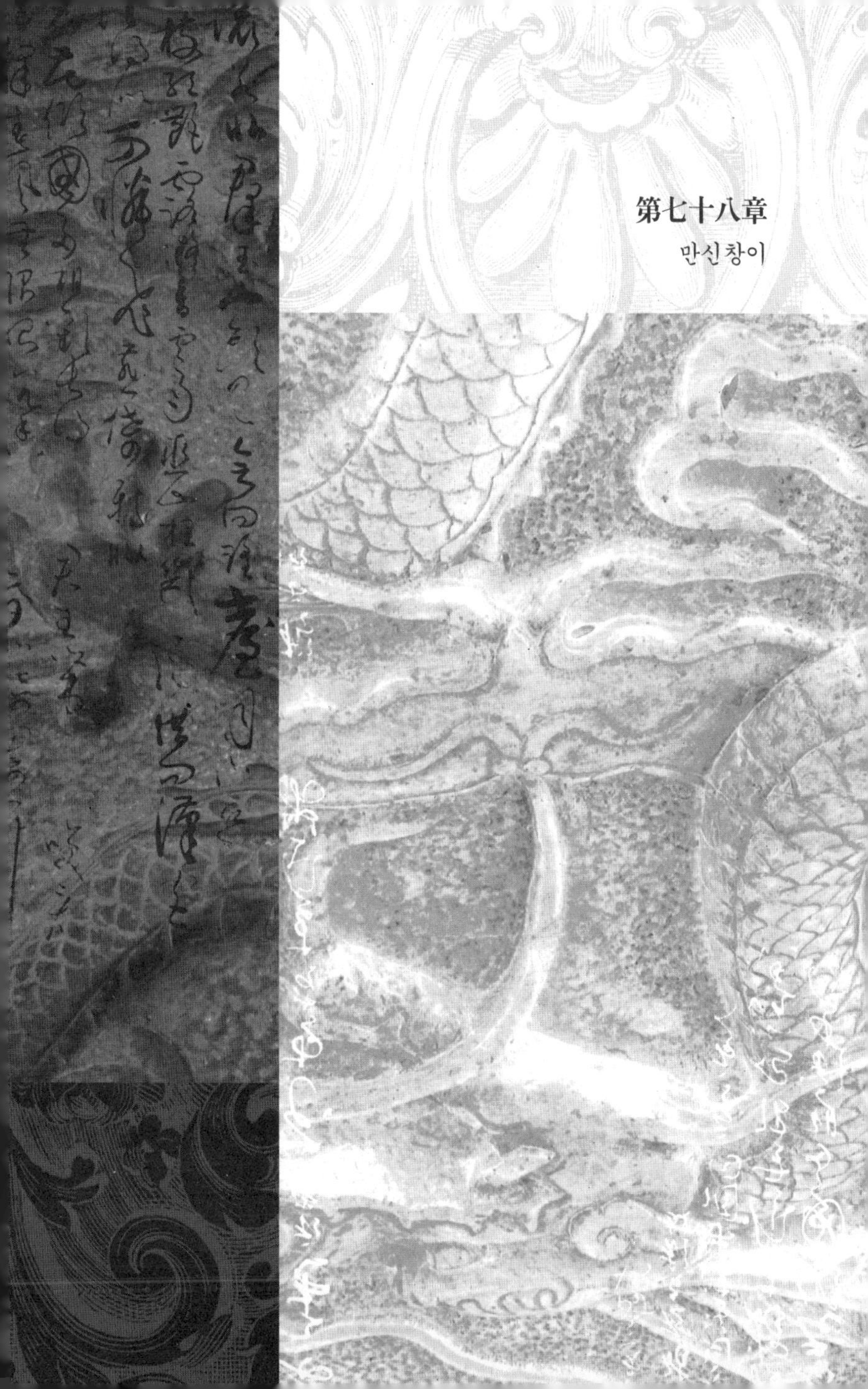

第七十八章

만신창이

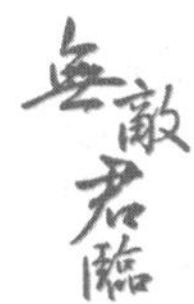

　태무랑이 추락한 곳은 강 언덕 바로 위쪽이고, 벽교상은 아래쪽 백사장이 시작되는 곳에 쓰러져 있었다. 두 사람의 거리는 사오 장쯤 되지만 태무랑이 언덕을 굴러 내리기만 하면 금세 그녀에게 도달할 수 있을 것 같았다.

　추락한 태무랑은 얼굴과 심장에 꽂힌 암기 때문에 급속도로 기력이 쇠잔해지고 있어서 손을 들어 올리는 것조차 힘겨운 상태다.

　하지만 그는 팔과 온몸을 부들부들 떨면서 얼굴과 심장에 박힌 암기를 뽑아냈다.

투우…….

심장에서, 그리고 얼굴에서 피가 분수처럼 뿜어졌다. 그러나 빠르게 줄어들기 시작하더니 잠시 후에 멈추었다. 예의 오행지기가 상처를 치료해 버린 것이다.

그는 언덕 아래 벽교상을 쳐다보았다. 그녀는 고개를 반대편으로 돌리고 뺨에 깊숙이 암기를 꽂은 채 쓰러져 있는데 꼼짝도 하지 않았다.

태무랑은 아직은 움직이는 것이 힘들지만 몇 호흡만 지나면 괜찮아질 것이라고 생각했다.

그는 이번에는 반대쪽을 쳐다보았다. 단유천과 육 위 쾌무적(快無敵), 그리고 십 위인 화충(華衝)이라는 자가 나는 듯이 달려오고 있었다.

세 명이 태무랑에게 도달하기까지는 다섯 호흡쯤 걸릴 듯했다. 그때쯤이면 태무랑은 원상회복이 된 상태다.

하지만 그는 추호도 그런 티를 내지 않기로 마음먹었다. 그것만이 세 놈을 한꺼번에 거꾸러뜨릴 수 있는 기회라는 생각에서다.

다만 벽교상에 대한 걱정이 가슴속에 가득할 뿐이다. 지금이라도 그녀에게 달려가서 상태를 살펴보고 싶은 마음을 누르고 또 누르며 참았다.

태무랑은 하늘을 향해 누운 채 두 팔꿈치와 두 발뒤꿈치로

지면을 지그시 누르고 있었다.

놈들이 최대한 가까이 다가왔을 때 튀어 오르면서 불시에 급습을 가하기 위해서다.

그러면서 그는 눈을 뜬 채 그대로 누워 있었다. 옆에는 두 개의 암기가 나뒹굴어 있고, 얼굴과 심장 부위가 피투성이라서 누가 보더라도 그가 중상을 입은 채 죽어가고 있는 것이라고 짐작할 터이다.

휘익! 휙!

이윽고 단유천 등이 도착했다. 그런데 단유천과 쾌무적만 태무랑 앞에 멈추고, 또 한 명 화충은 곧장 벽교상에게 쏘아 가는 것이 아닌가.

만약 벽교상에게 한 가닥 숨결이라도 붙어 있다면 태무랑이 그녀를 살릴 수도 있을 것이다.

그렇지만 그녀가 화충에게 마지막 일격을 당해 버리면 그런 기회마저 사라져 버릴 것이다.

"이놈, 흑풍창기병……!"

단유천은 태무랑이 발을 뻗은 아래쪽에 우뚝 서서 이글거리는 눈빛으로 그를 굽어보며 흰 이를 드러냈다.

그러자 그의 왼쪽 눈을 비스듬히 가로지른 흉터가 보기 싫게 꿈틀거렸다.

태무랑은 오른손에 염마도를 쥔 채 땅으로 늘어뜨렸는데,

그것을 들어 올리는 것조차 힘겨운 듯한 모습으로 물끄러미 단유천을 쳐다보았다.

"옥령은 어디에 있느냐? 그녀를 죽였느냐?"

단유천은 당장에라도 태무랑의 목을 벨 듯 검을 뻗어 그를 가리키며 으르렁거렸다.

그때 단유천 옆에 서 있던 쾌무적이 벼락같이 태무랑에게 덮쳐들면서 수중의 단창으로 그의 가슴을 찔러갔다. 단유천이 말하는 도중에 전혀 예기치 않은 행동이다.

슈욱!

쾌무적은 아예 태무랑을 완전히 제압을 해놓겠다는 뜻인데, 지나치게 방심을 한 나머지 추호의 방비도 하지 않고 찌르기만 했다.

하긴 태무랑이 대방산의 암기에 심장과 얼굴이 찔리는 것을 똑똑히 봤으며, 현재 그의 모습이 숨이 끊어지기 직전처럼 보이기 때문에 그가 반격할 것이라고는 추호도 생각하지 않는 것이 이상한 일은 아니다.

지금이 기회라고 판단한 태무랑은 순간 두 팔꿈치와 두 발꿈치로 힘차게 땅을 박차면서 벼락같이 튀어 올랐다.

휘익!

그와 동시에 왼팔로 쾌무적의 단창을 옆으로 쳐내면서 그에게 오행운라강을 날렸고, 단유천에게는 염마도를 비스듬히 그어 가슴을 통째로 잘라갔다.

쾌애액!

방심을 하여 전혀 대비하지 않고 있던 단유천과 쾌무적은 움찔 놀랐다. 그들은 태무랑이 최후의 발악을 하는 것이라고 여겼다.

그렇기 때문에 그다지 강하지는 않을 것이며, 또한 이것만 피하고 나면 그가 제풀에 무너질 것이라고 예측했다.

파아아—!

하지만 태무랑이 불과 반 장 거리에서 발출한 오색 운라가 느닷없이 작은 폭발을 일으키면서 다섯 줄기 오색 빛살로 부챗살처럼 퍼지며 자신의 상체를 향해 쇄도하자 쾌무적은 방금까지의 생각이 깡그리 사라졌다. 그 대신 죽음의 그림자가 짙게 드리워지는 것을 느꼈다.

퍼어…….

오색 빛살이 쾌무적의 머리와 목, 가슴을 관통하며 핏물과 어우러져 영롱하게 빛났다.

그러나 단유천은 쾌무적이 당한 사실을 몰랐다. 자신의 가슴을 베어오는 무시무시한 염마도 때문에 쾌무적에게 신경을 쓸 겨를이 없다.

도저히 피할 엄두가 나지 않았다. 염마도가 빠르기도 하지만 너무 가까운 거리였으며 방심하고 있었기 때문이다.

지금으로선 방법이 있다면 한 가지뿐이다. 오른손에 쥐고 있는 검으로 반격을 하는 것인데, 공격으로 방어를 대신하는 것이다.

하지만 그것은 동귀어진이다. 염마도가 먼저 단유천의 가슴을 통째로 자르고, 간발의 차이로 그의 검이 태무랑의 목을 찌를 것이다. 정확하게 말하자면 그가 먼저 당할 것이라는 뜻이다.

무극백절을 전부 이끌고 급습을 가하면 태무랑을 죽이고 옥령을 구할 수 있을 것이라고만 믿었지 자신이 죽을 것이라고는 예상하지 않았던 단유천이다.

그러나 죽음은 이미 코앞에 직면했다. 후회는 소용없으며 이젠 돌이킬 수 없다.

다만 마지막 길동무로 태무랑을 데리고 갈 수 있다는 것을 작은 위안으로 삼을 뿐이다.

그러나 무극신련 총련주의 후계자가 벌레만도 여기지 않았던 한낱 무완룡과 저승길 길동무가 되다니, 천룡과 벌레를 어찌 비교할 수 있겠는가. 죽음 앞에서도 단유천은 어이가 없어서 쓴웃음밖에 나오지 않았다.

그때 전혀 예상하지 않았던 일이 벌어지면서 단유천에게 행운이 따랐다.

오행운라강에 관통되어 죽어가던 쾌무적이 그야말로 마지

막 발악을 했다.

죽어가면서까지 사력을 다해서 태무랑의 옆구리를 단창으로 찌른 것이다.

푹!

쾌무적에겐 신경도 쓰지 않고 오직 단유천만 상대하던 태무랑은 단창이 왼쪽 옆구리로 깊숙이 파고들자 그의 의지하고는 상관없이 몸이 크게 기우뚱 기울어졌다.

쉬잉!

그 바람에 그의 염마도는 아래에서 위로 비스듬히 단유천의 어깨와 귓가를 스치며 허공을 갈랐다.

하지만 태무랑의 목을 겨냥하고 찌른 단유천의 검은 쓰러지고 있는 그의 왼쪽 어깨를 깊숙이 찔렀다.

태무랑이 오른쪽으로 쓰러져 가자 이번에야말로 절호의 기회라고 판단한 단유천은 그의 어깨에서 검을 뽑아 번개같이 다시 찔러갔다. 이번에는 목이다. 아예 숨통을 끊어버릴 생각이다.

태무랑의 염마도는 빗나가서 허공에 떠 있는 상태이기 때문에 반격을 할 수가 없는 상황이고, 쓰러지는 중이라서 피할 수도 없다.

슉!

단유천의 검이 번뜩이면서 태무랑의 코앞으로 번개같이

찔러왔다.

그것은 단지 찌르기만이 아니고 찌르면서 검첨이 좌우로 빠르게 떨고 있다. 즉, 그것에 찔리는 순간 목이 잘라져 버릴 것이다.

그러나 순간 태무랑의 모습이 그 자리에서 씻은 듯이 사라져 버렸다. 공간도를 펼친 것이다.

"……."

이제 곧 태무랑의 목을 자를 수 있다고 확신하던 단유천은 당황해서 다급히 주위를 두리번거렸으나 태무랑의 모습은 어디에도 보이지 않았다.

사람이 어떻게 눈앞에서 감쪽같이 사라질 수 있는 것인지 믿어지지 않았다.

태무랑이 공간도를 전개해서 시야에서 사라졌다는 사실을 그가 짐작이라도 할 리가 없다.

키이잉!

순간 등 뒤에서 묵직한 파공음이 흐르자 단유천은 움찔 놀라며 본능적으로 왼쪽으로 몸을 날리면서 뒤를 향해 무작정 일장을 발출했다.

휘잉!

그의 일장은 빗나갔다. 또한 그는 뒤에서 베어오는 염마도를 완전히 피하지 못했다.

순간 허리 오른쪽 부위가 뜨끔한 것을 느끼며 계속 왼쪽으로 미끄러져 가면서 몸을 반회전하여 뒤를 향하게 하는 것과 동시에 다시 검을 떨쳤다.

사부 화명군에게 전수받은 환우신극(寰宇神極)이라는 초절정 검법인데, 과거 그가 익혔던 무극칠절검이나 십자섬광검보다 몇 단계 위의 수준이다.

그는 방금 오른쪽 뒷부분 허리가 깊고도 길게 베어졌으나 미처 알아차리지 못했고, 알았다고 해도 신경 쓸 겨를이 없었다.

스파파파―!

환우신극을 전개하는 순간 찌르기 다섯 줄기와 상하좌우로 베기 여덟 줄기가 마치 밤하늘의 유성이 흐르듯 눈부시게 태무랑의 전신 급소를 향해 뿜어졌다.

그는 환우신극을 오성까지 연마했다. 사부의 말로는 그 정도면 무림에서 능히 일절을 이룰 것이라고 했다.

번― 쩍!

그와 동시에 태무랑이 염마도를 그어대자 오색 광휘가 폭발하듯이 뿜어지면서 단유천을 향해 쏘아왔다.

그런데 단유천은 그 광경을 보고 움찔 놀랐다.

'저건 뭔가?

믿을 수 없게도 염마도가 뿜어낸 오색 광휘에는 일찍이 그가 알고 있던 무극신련의 검법 초식들이 죄다 담겨 있었다. 십자섬광검과 무극칠절검, 그리고 산화칠검까지 모두 들어 있는 것이다.

그럴 리가 없다. 어떻게 하나의 초식에 그것들이 다 들어갈 수, 아니, 전개할 수 있다는 말인가. 십자섬광검은 삼 초식이고, 무극칠절검은 칠 초식, 그리고 산화칠검도 칠 초식, 도합 십칠 초식이다.

그런데 단유천이 잘못 본 것이 아니다. 틀림없이 태무랑이 전개한 일 초식에는 그것들이 다 들어 있었다.

하지만 어떻게 그럴 수 있는지에 대해서 지금 이 순간에 생각할 수는 없다.

그리고 그는 깨달았다. 자신이 전개한 오성 수준의 환우신극으로는 태무랑의 이 신기막측한 일 초 도법을 도저히 이길 수 없다는 사실을. 그는 싸우기도 전에 자신이 패할 것을 예상했다.

그 직후에 또 깨달은 것은 이번에야말로 자신이 꼼짝없이 죽을 것이라는 사실이다. 십자섬광검과 무극칠절검, 산화칠검에 한꺼번에 당해서 말이다.

퍽!

염마도가 짓쳐오고 있는 순간에 단유천은 느닷없이 왼쪽 어깨에 빠르고도 부드러운 일장을 적중당해 오른쪽으로 쏜살같이 튕겨 날아갔다.

그 바람에 태무랑의 일 초식은 구 할이 빗나갔고, 나머지 일 할이 단유천이 오른쪽으로 쏜살같이 밀려나는 중에 왼쪽 어깨를 적중, 아니, 휩쓸어 버렸다.

파아—

"으악!"

단유천은 처절한 비명을 질렀다. 왼쪽 어깨가 불로 지진 듯이 화끈했으며, 만 근 철퇴에 적중되어 으스러진 것처럼 고통스러웠다.

태무랑은 단유천에게 재차 공격을 펼치지 못했다. 두 명의 무극백절이 그에게 합공을 쏟아냈기 때문이다.

원래 쾌무적이 죽고 단유천이 위기에 빠진 것을 보고 비한을 합공하고 있던 무극백절 세 명이 곧장 달려왔다.

그리고 방금 전에 태무랑이 염마오행도를 전개하여 단유천을 죽이기 직전에 무극백절 한 명이 장력을 발출하여 단유천의 어깨에 적중시켜서 밀려나게 하고는 그를 잡아서 멀찍이 물러났다.

그사이에 다른 두 명이 허공중에서 내리꽂히면서 태무랑에게 공격을 퍼붓고 있는 것이다.

태무랑은 염마도를 맹렬하게 휘둘러서 두 무극백절의 공격을 가까스로 막아냈다.

콰차차창!

하지만 불꽃이 마구 튀는 와중에 태무랑은 가슴이 쩍 갈라졌다. 공격을 다 막아내지 못한 것이다.

그들 두 명은 무극백절 팔 위 전무(電武)와 구 위 참룡(斬龍)이었다.

두 명은 발이 땅에 닿는 순간 양쪽으로 갈라지는 것과 동시에 재차 태무랑을 맹공격했다.

분명히 두 번째 초식인데도 첫 번째 초식과 이어지는 것처럼 물 흐르듯이 유연했다.

이것은 정면 대결이라서 제대로 피하거나 막지 않으면 안 되기 때문에 태무랑은 단유천이 어떻게 됐는지 쳐다볼 여유조차 없었다.

전무와 참룡은 둘 다 도를 사용하는데 공격이 찌르기가 아니고 자르기다.

더구나 잔기술이 아니라 한번 걸리면 중상을 입거나 죽이고 마는 패도적인 도법이다.

그러므로 자칫 그것에 당하면 팔다리나 몸통이 잘라지고 말 터이다.

그렇게 되면 태무랑으로서도 어쩔 도리가 없다. 잘라진 사지육신을 갖다 붙일 수는 없는 노릇이다. 그러므로 죽어야만 하는 것이다.

그런데 바로 그 순간 태무랑의 머릿속에 벽교상의 모습이 스치듯 떠올랐다.

뺨에 암기를 관통당한 채 추락하면서 미소를 지으려고 애쓰던 안쓰러운 모습이다.

지금쯤 그녀는 죽었을지 모른다. 아니, 시간이 너무 오래 흘렀으므로 이미 죽었을 것이다.

그런데도 태무랑은 어쩌면 그녀가 아직 숨이 붙어 있을지 모른다고, 그래서 가느다란 생명의 끈을 힘겹게 붙잡은 채 태무랑이 달려와서 살려주기를 간절하게 기다리고 있을지 모른다는 생각이 들었다.

어쩌면 그것은 제발 그렇게 되기를 바라는 그의 절절한 기대인지도 모르지만, 어떻게든 빨리 이 싸움을 끝내고 그녀에게 달려가 봐야 한다고 생각했다.

쉬카아앙! 휘우웅!

양쪽에서 공격해 오는 전무와 참룡의 도가 무시무시하게 허공을 쪼갰다.

그것은 그냥 공격이 아니다. 두 자루 도에서 반 장 길이의 푸르스름하고 붉그스름한 빛기둥이 뿜어진 상태에서 그것이 도보다도 먼저 태무랑의 몸을 베어오고 있었다.

그렇다. 그것은 초절고수만이 발휘할 수 있는 도강(刀罡)이다. 그것들이 태무랑이 피할 수 있는 모든 방위를 차단한 상태에서 무시무시하게 쇄도했다.

그러나 태무랑은 피하려고 들지 않았다. 어차피 피하는 것이 어려울 바에야 이 상황에서 공간도를 전개하여 적의 공격을 피하면서 오히려 반격하는 것이 낫다고 판단했다.

공간도는 그가 있던 곳에서 원하는 곳으로 공간이동을 시켜주는 수법이다.

그리고 여태까지는 절박한 순간에 적의 공격을 피하기 위해서만 전개했다.

하지만 지금처럼 두 명의 적의 공격을 한꺼번에 피해본 경험은 한 번도 없었다.

만약 공간도가 한 치의 오차도 없이 정확하게 전개되지 않으면 그는 치명상을 입게 될 터이다. 그러면 반격도 해보지 못하고 그것으로 끝이다. 그도 벽교상도 진진하 강가에서 죽음을 맞이하게 될 것이다.

스사아……

마침내 공간도가 펼쳐졌다. 그의 모습이 흐릿해지면서 그 자리에서 사라졌다가 느닷없이 전무의 코앞에 환영처럼 불쑥 나타났다.

"헛?"

전무가 움찔 놀라 눈을 부릅떴다.

전무의 도강을 완벽하게 피하는 순간 태무랑은 그에게 염마오행도를 번쩍 날렸다.

그와 동시에 오른쪽 참룡의 도강을 피하기 위해서 공간도를 전개했다.

만약 제대로 돼준다면 그는 사라졌다가 참룡의 오른쪽 옆에 나타날 것이다.

그런데 공간도가 전개되지 않았다. 그는 전무에게 염마오행도를 펼치는 동작을 하고 있는 그대로 그 자리에 있었다.

스악!

그리고 참룡의 도가 그의 옆구리를 무지막지하게 파고들었다. 그 순간에 그가 할 수 있는 동작은 몸을 최대한 비틀어 피해를 최소화하는 것뿐이다.

불행은 혼자 오지 않고 쌍으로 온다는 말이 맞았다. 염마오행도는 전무를 죽이지 못했다. 참룡의 도강이 태무랑의 옆구리를 자르는 순간 동작이 멈춰졌기 때문이다.

태무랑은 힐끗 자신의 오른쪽 옆구리를 내려다보았다. 배꼽 부위 너머까지 절반 이상이 갈라진 채 피와 내장이 쏟아져 나오고 있었다.

휘청!

그의 허리가 꺾이면서 몸이 왼쪽으로 크게 기울어졌다.

쾌애액!

그리고 전무와 참룡의 공격이 퍼부어졌다.

‘안 돼······.’

태무랑은 쓰러지면서 속으로 처절하게 울부짖었다. 이렇게 모든 것이 끝나는 것이라는 생각이 머릿속에 가득 찼다.

퍽! 퍽!

그리고 피가 튀었다.

그렇지만 태무랑의 피가 아니다. 공격하고 있던 전무와 참룡의 가슴이 뻥 꿰뚫려서 가슴과 등에서 분수처럼 뿜어지는 피다.

쿵!

옆으로 쓰러진 태무랑은 저만치 십오륙 장 거리의 허공에서 소천군이 날아오는 것을 발견했다.

그는 수중에 한 자루 검을 쥐고 있었는데, 검첨이 전무와 참룡을 향해 뻗어 있었다.

태무랑은 소천군이 무슨 수법으로 전무와 참룡을 죽였는지 짐작조차 하지 못했다.

그가 초식을 펼쳤을 때에는 거리가 최소한 이십여 장은 됐을 텐데, 대저 무슨 무공이 이십여 장의 거리를 격하여 상대를 죽일 수 있다는 말인가.

하지만 지금은 그런 것을 생각할 때가 아니다. 그는 쏟아지는 내장을 급히 손으로 쓸어 넣으면서 강 언덕 아래 벽교상쪽으로 몸을 날렸다.

퍽, 퍽, 데구루루.

모래범벅이 되어 마구 굴러서 언덕 아래에 이르렀다. 모래 속에서 얼굴을 들어 쳐다보니 벽교상 위에 무극백절 십 위 화충이 엎드려 있었다. 그자는 조금 전에 벽교상을 죽이러 갔었다.

언뜻 보면 화충이 벽교상을 겁탈하고 있는 듯한 광경이라서 태무랑은 움찔했다.

그의 잘린 옆구리 상처는 언덕을 굴러 내려오는 동안 거의 아문 상태다.

그의 상처가 치료되는 속도는 나날이 빨라지고 있다. 처음에 비해서 열 배 이상 빨라졌다.

그는 벌떡 일어나 쏘아가며 벽교상 위에 엎드려 있는 화충의 머리를 힘껏 걷어찼다.

빽!

화충의 머리가 산산이 부서지면서 그의 몸이 둥실 허공으로 떠올랐다가 저만치에 널브러졌다.

하지만 화충은 이미 죽은 상태였다. 그가 벽교상을 죽이려는 순간 그녀가 사력을 다해서 그의 가슴에 손을 쑤셔 박은 것이다.

벽교상은 하늘을 향해 누워 얼굴을 반대편으로 돌린 채 꼼짝도 하지 않았다.

단지 그녀의 오른손이 꼿꼿하게 수도(手刀)로 펼쳐진 채 가
슴 위로 뻗어 있었다. 그 손으로 화충의 가슴을 찔러 죽인 것
이다.

"상아……."

태무랑은 급히 그녀의 머리맡에 앉는 즉시 뺨에 박혀 있는
암기를 조심스럽게 뽑았다.

그러자 손가락 세 개가 한꺼번에 들어갈 만한 커다랗게 뻥
뚫린 구멍이 드러났다. 관자놀이와 뺨이 으스러진 처참한 몰
골이다.

숨이 붙어 있는지 확인할 겨를도 없기에 태무랑은 즉시 그
녀의 뺨에 손바닥을 밀착시키고 오행지기를 일으켰다.

스우우…….

그의 손바닥과 벽교상의 뺨 사이에서 영롱한 오색 기체가
피어나와 흩어졌다. 그는 벽교상의 뺨의 관통상을 치료하는
동시에 오행지기를 주입하여 그녀의 심장과 맥을 다시 일으
키려는 것이다.

잠시 후 그가 손을 떼자 그녀의 뺨에는 구멍은커녕 긁힌 흔
적조차 없이 깨끗해졌다.

그런데도 그녀는 미동조차 하지 않은 채 창백한 얼굴로 축
늘어져 있을 뿐이다.

태무랑은 이번에는 그녀의 왼쪽 가슴에 손바닥을 밀착시

키고 부드러운 오행지기를 주입했다.

그러자 일전에 그가 그녀의 화상을 치료하는 과정에 체내에 남겨두었던 약간의 오행지기가 반응을 하며 함께 그녀의 체내에서 일주천을 하였다.

태무랑은 안도의 표정을 지었다. 만약 그녀의 숨이 완전히 끊어졌다면 오행지기가 주입되지 않을 텐데 지금은 억지로라도, 그리고 미약하나마 오행지기가 주입되어 그녀의 혈맥을 주천시키고 있는 것이다.

그는 벽교상을 치료하는 동안 주변 상황을 살펴볼 겨를조차 없었다. 그저 막연하게 소천군을 믿고 있을 뿐이다.

"후우……."

치료를 끝내고 그는 기진맥진하여 벽교상 옆에 벌렁 누워 눈을 감았다.

그가 아무리 오행지기로 스스로 치료를 하는 능력이 있다고 해도 그토록 격심하게 공력을 허비했으므로 지치지 않으면 이상한 일이다.

그는 누운 채 반운공(半運功)을 시작했다. 운공조식을 절반만 해서라도 기력을 차리려는 것이다.

그러나 그는 반운공마저도 제대로 끝내지 못했다. 좌우에서 여자들이 구슬프게 울면서 그의 몸에 매달리고 또 잡고 흔들고 있었기 때문이다.

그것은 눈으로 보지 않아도 수월화와 벽교상, 은지화의 울음소리가 분명했다.

그녀들은 태무랑이 처참한 피투성이 몰골로 늘어져 있으니 죽은 것이라고 오해를 한 듯했다.

태무랑은 아직 운공을 하는 중이므로 말을 할 수는 없지만, 벽교상이 살았다는 사실에 몹시 기쁘고도 마음이 크게 놓였다.

"어허! 그 아이를 죽일 셈인가?"

그때 잔잔한 꾸짖음이 들리자 여자들은 깜짝 놀라서 고개를 들고 음성이 들린 곳을 쳐다보았다.

그곳에는 소천군이 방금 전 꾸짖음과는 달리 자상한 미소를 지으며 서 있었다.

수월화와 벽교상은 그가 당금 무림에서 천하제일인으로 추앙받고 있는 절정성협 소천군일 것이라고 짐작했다.

하지만 아무것도 모르는 은지화는 소천군을 보면서 불쾌한 듯 미간을 좁혔다.

"노인은 누구신데 함부로… 읍!"

그때 수월화가 급히 은지화를 안으면서 손으로 그녀의 입을 막았다. 그리고는 소천군에게 물었다.

"소 성협께서 방금 하신 말씀은 무슨 뜻인가요?"

소천군은 잔잔하게 미소 지으며 턱으로 태무랑을 가리켰다.

"허허, 그것은 그 녀석에게 물어보면 될 일이다."

그때 태무랑이 긴 한숨을 내쉬면서 상체를 일으키고서 소천군에게 미소를 지어 보였다.

"휴우, 와주셨군요, 할아버님."

"오냐."

그가 죽은 줄로만 알고 있던 수월화와 벽교상, 은지화는 갑자기 기쁨의 울음을 터뜨리면서 한꺼번에 그에게 달려들어 와락 끌어안았다.

"으앙! 무랑가!"

"낭랑!"

소천군이 이끌고 온 절정문의 고수는 백 명뿐이다. 하지만 그것만으로도 난국을 해결하기에는 충분했다.

애당초 단유천과 무극백절 등 팔십오 명으로 태무랑 일행을 공격하는 것은 다소 무리가 따랐다.

단유천과 구인조는 태무랑과 벽교상, 비한과 싸워서 결과적으로 지리멸렬했다.

그리고 나머지 칠십오 명의 무극백절은 천 명의 철화군단을 상대로 역시 지리멸렬했다.

무극백절은 약하지 않았으나 그들보다는 철화군단이 너무나 강했기 때문이다.

또한 무극백절은 철화군단을 지나치게 과소평가했다. 그래서 그 대가를 톡톡히 치러야만 했다.

철화군단과 싸우던 무극백절은 삼십일 명이 죽고 사십사 명만 겨우 살아서 도주했다.

어떻게든 버티려고 사력을 다하다가 소천군과 절정문이 출현하자 어머, 뜨거워라 하면서 줄행랑을 쳐버렸다.

또한 태무랑과 벽교상, 비한을 합공했던 단유천과 구인조는 겨우 단유천과 사 위 철기(鐵奇)만이 살아서 도주했다.

단유천이 태무랑에게 죽음을 당하기 직전에 철기가 그를 구해서 한쪽으로 물러나 있었는데, 잠시 후에 소천군이 나타나 전무와 참룡을 일 초식에 죽이는 것을 보고는 뒤도 돌아보지 않고 달아나 버린 것이다.

결과적으로 그들은 단유천과 철기를 비롯하여 전체 사십육 명만 목숨을 부지한 것이다.

하지만 철화군단의 피해도 컸다. 그녀들은 천 명 중에서 백칠십여 명이 죽었으며 삼백여 명이 부상을 당했다.

하지만 천하무적이라는 무극백절 칠십오 명을 상대로 그들은 정말로 잘 싸웠다.

*　　　*　　　*

남경 성내 북쪽 현무호 가에 위치한 남경성주의 대장원.

동녘 하늘이 부옇게 터올 무렵에 몇십 명의 그림자가 대장원 안으로 날아들어 혼자 뚝 떨어진 어느 전각 안으로 사라져 갔다.

단유천은 혼절한 상태에서 침상에 반듯하게 누워 있고, 남경성주의 전속 의원이 비지땀을 흘리면서 그를 치료하고 있는 중이다.

단유천의 상태는 매우 좋지 않았다. 등의 오른쪽 허리가 거의 잘리다시피 깊이, 그리고 길게 베어졌고, 왼쪽 어깨가 완전히 박살 난 상태다.

의원은 왼팔을 잘라내야 한다고 했는데 무극백절 사 위 철기가 반대해서 그냥 붙여두고 있다.

하지만 상처 때문에 어깨가 썩어들어 가면 독기가 즉시 심장에 이르기 때문에 그때는 왼팔을 잘라내도 늦다고 의원은 경고하는 것을 잊지 않았다.

단유천이 지휘력을 잃은 상황이라서 현재로선 철기가 최고위의 인물이다. 구인조의 이 위 사무한과 삼 위 대방산까지 죽어버렸기 때문이다.

아니, 그 혁혁한 명성을 자랑하던 구인조 중 여덟 명이나 죽고 오로지 철기 한 명만 살아남았다.

철기가 단유천의 팔을 자르지 못하도록 한 것은 단유천을 위해서였다.

그가 목숨을 건져 살아났을 경우에 왼팔이 없는 외팔이, 즉 병신이라는 사실을 깨닫고 얼마나 절망할 것인지를 예상한 것이다.

그래서 될 수 있으면 왼팔을 자르지 않은 상태에서 전력을 다해 그를 살리고 싶었다.

남경성주에겐 세 명의 전속 의원이 있는데, 그들 모두 이곳 전각에서 치료에 전념하고 있는 중이다.

무극백절 중에서 철기를 제외한 사십오 명이 전부 부상을 당했기 때문이다.

그들은 전각 이층 각 방에 분산해서 치료를 받거나 스스로 치료를 하고 있다.

"으윽……."

단유천은 깨어나서 눈을 뜨기도 전에 극심한 통증을 느끼고 신음을 흘렸다.

그는 눈을 번쩍 뜨며 몸부림을 쳤다. 도대체 어디가 어떻게 아픈 것인지도 아직 모르는데 온몸이 짓이겨지는 것처럼 고통스러웠다.

"주군……."

침상을 지키고 있던 천풍대주가 안타깝게 그를 보며 말을 잇지 못했다.

"크으으… 한상(韓尙), 내가 어떻게… 된 거냐?"

천풍대주 한상은 버둥거리는 단유천의 가슴을 지그시 눌러 다시 눕히면서 비통한 표정을 지었다.

"주군께선 중상을 입으셨습니다."

"내가……."

중얼거리던 단유천의 뇌리에 태무랑과 있었던 일들이 번갯불처럼 스쳐 지나갔다.

"으으… 흑풍창기병… 이놈……."

태무랑을 떠올리자 가슴속에서 두 가지가 동시에 솟구쳐 올랐다. 첫 번째가 공포고 두 번째가 분노다.

태무랑과 싸웠던 일은 두 번 다시 생각하는 것조차도 몸서리가 쳐질 만큼 끔찍했다.

피투성이의 그가 염마왕 같은 모습으로 시퍼렇게 번뜩이는 염마도를 휘두르는 광경은 강심장인 단유천이 다시금 떠올려도 모골이 송연할 지경이다.

태무랑은 단유천이 예전에 알고 있는 그가 아니었다. 두어 달 전에 단유천이 장강 철화천궁의 배 위에서 태무랑과 싸웠을 때에는 정면 대결을 벌이면 능히 이길 수 있다고 자신할 정도의 수준이었는데 지금은 아니다.

태무랑은 괴물로 변해 버렸다. 도저히 단유천이 감당할 만한 자가 아닌 것이다.

단유천은 철화천궁과 싸우는 동안 하루도, 아니, 한시도 태무랑을 잊어본 적이 없었다.

틈만 나면 미친 듯이 무공 증진에 전력을 다했다. 그래서 어느 정도 진전을 이루었고, 이 정도면 태무랑을 이기고도 남음이 있을 것이라고 확신했다.

그러나 막상 뚜껑을 열어보니 태무랑을 이기기는커녕 그 앞에서 목숨을 보존하는 것조차 불가능했다. 단유천이 기를 쓰고 높은 곳으로 기어오르면, 태무랑은 훨씬 더 높은 곳에서 그를 굽어보고 있는 것이다.

더구나 태무랑에게서 목숨만 겨우 건져서 도망쳐 와 그가 남긴 상처 때문에 고통스러워하고 있는 지금 단유천의 심정은 그야말로 너덜너덜했다.

단유천은 누운 채 지그시 어금니를 악물고 중얼거렸다.

"상황은 어떻게 됐느냐?"

천풍대주 한상은 단유천과 함께 싸움에 참가하지 않았으므로 무극백절에게 주워들은 얘기를 간추려서 단유천에게 들려주었다.

설명을 끝까지 모두 듣고 난 단유천은 참담한 심정에 사로잡혔다.

구인조 중에서 여덟 명이 죽고 사 위 철기만 살아남았으며, 무극백절 중에서 단유천 자신을 포함하여 사십육 명만 겨우 목숨을 건졌다는 사실은 그가 예상했던 것보다 훨씬 더 큰 피해였다.

너무도 큰 충격을 받은 그는 한동안 아무 말도 하지 못하고 눈을 질끈 감은 채 몸을 부들부들 떨기만 했다. 분노로 치를 떠는 동안만큼은 몸의 고통을 느끼지 못했다. 고통보다 분노가 더 크기 때문이다.

그는 자신의 현재 몸 상태가 어떤지를 살피는 것조차 하기 싫었다.

태무량을 급습한다는 자신의 한마디 결정 때문에 허무하게 죽어간 자들에 대한 미안함과 태무량이 너무도 거대해져 버려서 이젠 도저히 어쩔 수 없게 되었다는 무력감 때문에 그는 자신의 몸 따위야 어떻게 되었든 상관없다는 생각이 들었다.

"도대체 어떻게……."

그는 눈을 감고 고개를 절레절레 가로저었다.

"그놈이 도대체 어떻게 해서 철화빙선과 소 성협까지 친분을 쌓았다는 말인가?"

일개 비천한 벌레 같은 놈이, 처음에는 낙성검문 소문주인 은지화 정도를 측근으로 만들더니 이제는 무령왕과 철화빙

선, 그리고 천하제일인 절정성협 소천군마저 자신의 편으로
만들어 버렸다.

단지 그놈의 운이 좋은 것인가, 아니면 천부적인 친화력이
있거나 희대의 사기꾼이라는 말인가?

어쨌든 그는 이제 뭘 어떻게 해볼 여력도 없으며 엄두도 나
지 않았다.

또한 이제는 무령왕을 공격했다는 것에 대해서 엄중한 책
임을 지지 않으면 안 된다.

그는 누워 있는 침상이 자꾸만 끝없이 컴컴한 아래로 꺼져
들어가는 것을 느꼈다.

第七十九章

금강불괴지체 (金剛不壞之體)

무령왕가는 다시 평온을 되찾았다.

현재 철화빙선이 이끄는 선위단과 소천군이 이끄는 절정문의 고수 백 명이 무령왕가에 상주하고 있다.

또한 남경성 안팎을 무령왕의 사병 오만여 군사가 철통처럼 지키고 있는 상황이라서 무극신련으로서는 도저히 도발을 할 수 없게 돼버렸다.

무령왕은 벽교상과 소천군을 최고 귀빈으로 맞이하여 극진한 대접을 아끼지 않았다.

벽교상에게는 천여 명이 너끈히 숙식할 수 있는 십여 채의

전각이 주어졌고, 소천군에게도 세 채의 전각을 내주어 묵게
했다.

하지만 벽교상과 소천군은 약속이나 한 것처럼 태무랑의
우장거에서 머물렀다.

두 사람만이 아니라 벽교상의 최측근 봉화십선과 소천군
의 손녀인 소아상, 그리고 사손인 무비신녀 가빈도 함께 그곳
에서 지냈다.

무령왕은 고마움의 표시로 벽교상과 소천군에게 상을 주
려고 하는데 두 사람은 한사코 사양했다.

이미 상을 받았기 때문이다. 벽교상과 소아상에겐 사랑하
는 태무랑과 함께 지낼 수 있다는 것보다 더 큰 상이 있을 수
가 없다.

"가족 같아요."

소아상의 말에 모두들 그녀를 주시했다.

우장각 삼층 연회장에는 꽤 많은 사람들이 모여서 술과 요
리를 먹으며 화기애애한 대화를 나누고 있다.

태무랑과 수월화, 태화연을 비롯한 그의 측근들과 벽교상,
비한, 은지화, 그리고 소천군과 소아상, 가빈 등이다.

타원형의 길쭉하면서도 커다란 탁자에는 정말 상다리가
부러질 정도로 미주가효가 그득 차려져 있었다.

태무랑 좌우에는 수월화와 태화연이 앉았고, 수월화 옆에는 벽교상이, 태화연 옆에는 은지화가 앉았다.

그리고 맞은편에는 소천군과 좌우에 소아상, 가빈이 앉았으며, 탁자의 양쪽에는 태무랑의 측근들, 즉 형구와 우경도, 신풍개, 비한이 둘러앉았다.

비한은 은지화 옆에 앉아 있었다. 은지화는 태무랑 옆에 앉고 싶지만 그의 부인이나 마찬가지인 수월화와 누이동생인 태화연을 비키라고 할 수 없는 처지다.

그러므로 그나마 친해진 태화연 옆에 앉아서 아쉬움을 달래야만 했다.

태무랑과 수월화가 오는 중추절에 혼인을 한다는 사실을 알고 있으면서도 그녀는 태무랑에 대한 마음을 아직 정리하지 못했다.

깊은 바다를 대체 무엇으로 메우겠는가. 그녀의 사랑은 깊은 바다보다 더 깊었다.

은지화의 반대쪽 옆에는 비한이 앉아 있는데 그것은 그녀가 원해서였다.

그녀는 며칠 동안 좌장각에 비한의 손님으로 머물면서 그와 꽤 친해졌기 때문에 그가 다른 곳에 앉는 것보다는 자신의 옆에 앉아주기를 바랐다.

방금 말을 한 소아상은 모두의 시선이 자신에게 집중되자 환하게 미소 지으면서 말을 이었다.

"우리 모두 하나의 대가족 같아요. 그렇지 않은가요?"

그 말에 모두들 흐뭇한 표정으로 고개를 끄덕이는데, 촉빠른 신풍개는 손바닥으로 탁차를 마구 두드리면서 과장된 웃음을 터뜨렸다.

"핫핫핫핫! 그렇고말고요! 정말 우리 모두가 한 가족 같다는 생각이 드는군요!"

그는 천하제일인 소천군과 철화빙선 같은 거물들과 동석을 하고 또 술을 마시고 있다는 사실에 너무 감격해서 구름 위에 떠 있는 것 같은 기분이었다.

그러자 소아상이 희고 섬세한 손가락을 얼른 입에 갖다 대면서 방금 한 말을 정정했다.

"아! 실언했어요."

"뭐가 말이오?"

"가족에서 당신은 뺐으면 좋겠어요."

"엥?"

신풍개는 태무랑이 사준 좋은 옷을 벗어버리고 다시 예전의 더럽고 꾀죄죄한 몰골로 돌아와 있었다.

깨끗한 옷을 입고 있으면 왠지 거북하고 또 개방 제자는 누더기를 입어야 한다면서 몸을 묶고 있던 쇠사슬을 벗어 던지듯이 새 옷을 훌훌 벗어버렸다.

소아상의 재치있는 일침에 신풍개는 얼굴을 붉히고 전전 긍긍하는 반면에 모두들 와아! 하고 큰 소리로 웃음을 터뜨리며 실내가 떠들썩해졌다.

그러나 두 사람 태무랑과 벽교상만은 빙그레 엷은 미소만 지을 뿐이다.

진진하에서 단유천과 무극백절하고 혈전을 벌인 것이 이틀 전의 일이다.

소아상이 기억하기로 태무랑은 그때 이후 내내 어두운 표정을 하고 있었다. 그래서 마치 몸이 많이 아픈 사람처럼 보였다.

하지만 소아상이 알기로 태무랑은 아픈 곳이 없었다. 그 싸움에서 심한 중상을 입은 듯했으나 나중에 소아상이 봤을 때 그는 온몸이 피투성이 모습이었을 뿐 긁힌 곳 하나 없이 말짱했다.

그러므로 그의 우울함은 몸이 아픈 것이 원인이 아니다. 하지만 그가 왜 우울한지는 알지 못했다.

짐작조차도 할 수가 없었다. 그래서 그녀는 직접 물어보기로 했다. 답답한 것은 참지 못하기 때문이다.

"무랑가, 어디 아파요?"

태무랑은 말없이 그녀를 쳐다보았다. 다만 눈으로 무슨 뜻이냐고 물었다.

"왠지 우울해 보여요. 싸움도 우리가 대승을 거두었는데 그럴 이유가 없잖아요?"

"대승이라고?"

태무랑은 알 수 없는 말을 중얼거렸다.

"왜 그러는지 말해주세요. 무랑가의 모습을 보니까 왠지 소녀까지 우울해지는 것 같아요."

태무랑은 빙그레 미소 지었다.

"그렇다면 미안하구나. 조심하마."

"그게 아니잖아요. 소녀는……."

"무랑가께선 마음이 아파서 그러시는 거예요."

그런데 가만히 있던 수월화가 소아상을 바라보며 불쑥, 그러나 조용히 입을 열었다.

뜬금없는 말에 모두들 의아한 표정으로 그녀를 주시했다.

하지만 태무랑만은 씁쓸한 표정을 짓고 있었다.

수월화는 한없는 애정과 이해가 깃든 눈빛으로 태무랑을 바라보았다.

"무랑가께선 우리가 얻은 것보다는 잃은 것을 슬퍼하시는 것 같아요."

"그게 무슨 뜻인가요, 언니?"

이틀 만에 수월화와 친해진 소아상이 의아해서 물었다.

수월화의 두 눈에 눈물이 그렁그렁 고이는 것을 보고 소아상은 깜짝 놀랐다.

"언… 니……."

"진진하 강변에서 백칠십 명이 운명을 달리했어요."

"……."

"그 싸움에서의 승리는 그냥 얻어진 것이 아니고… 철화군단의 꽃다운 백칠십 명의 죽음과 맞바꾼 것이에요."

"아……!"

절정문은 한 명도 죽지 않았다. 그들이 도착하자마자 단유천과 무극백절이 모두 도주했기 때문이다.

수월화의 말에 모두들 더없이 숙연해졌다.

그리고 수월화는 창백한 뺨에 눈물을 흘리면서 옆에 앉은 벽교상을 바라보았다.

"우리를 지키려고 철화군단 고수 백칠십 명이 죽었어요. 우린 서로 생면부지이며 저는 그들의 이름조차도 몰라요."

벽교상도 조용히 눈물을 흘렸다. 태무랑뿐만 아니라 그녀도 지난 이틀 동안 우울해하는 이유를 수월화가 정확하게 짚어낸 것이다.

"아마 무랑가께선 그들의 죽음 때문에 마음이 아파서 우울하신 것 같아요."

그녀의 말은 '이렇게 웃고 즐기며 떠들어서는 안 된다' 라고 꾸짖는 것 같았다.

그때 태무랑이 천천히 일어서서 벽교상을 굽어보았다.

"상아, 미안하다. 그리고 고맙다."

이어서 그녀를 향해 깊숙이 허리를 굽혔다. 그는 타인이 자신과 측근을 해치는 것을 절대 용서하지 않지만, 누군가 자신과 측근을 위해서 죽어가는 것도 원하지 않는다.

하지만 이틀 전의 싸움은 어쩔 수가 없었다. 그로서도 불가항력이었다.

철화군단 고수 백칠십 명의 죽음은 그 무엇으로도 보상할 수 없다는 것이 지금 그의 심정이다.

"낭랑……."

벽교상은 울면서 입을 열다가 수월화가 있는 곳에서 태무랑에 대한 호칭을 잘못 말했다는 생각이 들어서 말을 흐렸다.

"당신은 일전에 장강에서 경뢰 언니의 수하 천여 명을 단유천으로부터 구해주었으니까 피장파장이에요."

"그렇지 않다. 그들 목숨과 이들 목숨은 전혀 다르다. 또한 내가 살려준 목숨이라고 해서 내 마음대로 할 수 있는 것은 아니다."

태무랑은 여전히 허리를 굽힌 채 말했다.

"그리고 사람의 목숨을 구해줄 때는 나중에 목숨으로 갚으라는 뜻으로 하는 게 아니다. 그리고 나는 그 당시에 그들의 목숨을 구하려던 것이 아니라 단유천을 죽이려고 했던 것뿐이다.”

그는 지나치게 솔직했다.

“소녀도 소녀의 적을 죽인 것뿐이에요. 그러다 보니까 수하들이 죽었어요. 당신이 그렇게 이해해 주었으면 좋겠어요. 더 이상 자책하지 말아요.”

벽교상은 눈물을 닦고 눈을 반짝이면서 그렇게 말하다가 무언가를 깨달았다.

지난 이틀 동안 그녀가 우울해 있었던 것은 분명히 철화군 단 수하 백칠십 명의 죽음 때문이었다.

그런데 그녀의 우울함이 태무랑을 더 깊게 우울하게 만들었다는 사실을 깨달은 것이다.

이것은 해답이 아니다. 죽은 사람들의 희생을 헛되이 만들지 않는 것이 바로 해답이다.

“언젠가 내 목숨이 필요하면 말해다오. 기꺼이 주겠다.”

태무랑은 그렇게 말하고 허리를 폈다.

누구도 예상하지 못했던 말이기에 모두들 적잖이 놀라서 그를 바라보았다.

소천군은 아까부터 조용히 태무랑을 주시하고 있다가 그의 마지막 말을 듣고 희미한 미소를 지었다.

‘녀석, 나날이 괜찮은 사내가 되어가고 있군.’

북북북…….

수월화는 이상한 소리에 잠에서 깼다. 눈을 뜨니 태무랑이 일어나 앉아서 상의를 벗은 채 팔을 한쪽 어깨너머로 잔뜩 돌리고는 등을 긁고 있었다.

"또 가려워요?"

수월화는 일어나 그의 등 쪽으로 다가앉으면서 물었다.

"응. 운공조식을 하고 나니까 또 가렵군."

"왜 운공조식을 하고 나면 가려운 걸까요?"

"글쎄……."

그런데 태무랑의 등을 긁으려고 손을 뻗던 수월화는 가볍게 놀랐다.

"아……."

그녀는 손가락으로 태무랑의 등을 쓰다듬으며 자세히 들여다보다가 눈을 동그랗게 떴다.

"무랑가 등이 온통 금색이에요."

"금색?"

"아… 니… 어깨도……."

수월화의 눈이 태무랑의 어깨에서 팔로 향했다. 그런데 그의 두 팔도 모두 누런 황금색으로 뒤덮여 있었다.

태무랑도 그제야 자신의 두 팔과 배, 가슴이 온통 금색인 것을 발견하곤 적잖이 놀랐다.

“이게 어떻게 된 거지?”

수월화는 태무랑의 바지를 아래로 내리며 말했다.

“하의도 벗어보세요.”

잠옷이라 태무랑은 하의 안에 아무것도 입고 있지 않았기 때문에 하의를 벗자 나신이 되었다.

밤마다 태무랑과 정사를 하는 수월화지만 우뚝 서 있는 그의 음경이 자신의 얼굴 앞에 놓이자 얼굴을 붉혔다. 하지만 외면하지는 않았다.

그녀가 짐작했던 대로 태무랑은 하체까지 살갗이 금색이었다. 즉, 전신이 금색으로 뒤덮인 것이다. 물론 음경까지 금색이었다.

그녀는 서 있는 태무랑의 다리와 허벅지, 둔부까지 자세히 살피면서 쓰다듬으며 뭔가 골똘히 생각하다가 입을 열었다.

“삼장로가 무랑가께 시험했던 것이 금강불괴지체였죠?”

“음.”

“그런데 무랑가는 마지막 시험 이후에 상처를 입으면 즉시 치료되는 신체로 변화하셨어요.”

태무랑은 생각에 잠기면서 고개를 끄덕였다.

“그리고 지금 무랑가는 운공조식을 하고 나면 몸이 가렵고 그 부위가 금색으로 변했는데… 오늘 아침에는 온몸이 금색으로 변했어요. 지금 온몸이 가려운가요?”

태무랑은 가만히 있다가 고개를 가로저었다.

"지금은 조금도 가렵지 않군."

그녀는 태무랑의 몸을 살피고 쓰다듬으면서 진지한 표정으로 말했다.

"어쩌면 무랑가의 몸이 현재 금강불괴지체가 됐는지도 모르겠군요. 운공조식을 하고 나면 몸이 가렵고 또 금색이 될 이유는 그것뿐인 것 같아요."

태무랑으로선 예상하지도 않았던 말을 듣고 적잖이 놀라는 표정을 지었다.

"그런가? 그렇다면 시험해 보자."

그때 옥령과 소향이 휘장을 걷고 침상으로 다가오다가 그 광경을 보고는 크게 놀랐다.

그녀들은 태무랑의 알몸은 늘 봐왔지만 그의 몸이 온통 금색으로 변해서 놀란 것이다.

그때 옥령과 소향의 시선이 한곳에 멈추었다. 태무랑의 음경이다. 그것을 보려고 한 것이 아니라 자연스럽게 시선이 그리 향한 것이다.

하지만 그녀들은 곧 시선을 돌리고 침상의 이불을 개고 침상 주변을 치우는 등 자신들의 할 일을 시작했다.

태무랑은 단검 한 자루를 수월화에게 건네주었다.

"아무 곳이나 찔러봐."

"하지만 어떻게……."

남편의 몸을 찌른다는 생각에 수월화는 지레 겁부터 냈다.

태무랑은 빙그레 미소 지었다.

"괜찮아."

수월화는 그의 몸이 금강불괴지체가 됐을지도 모른다고 자신의 입으로 말해놓고도 선뜻 찌르지 못하고 단검 끝을 조심스럽게 그의 등에 갖다 댔다.

그리고는 살짝 힘을 주었다. 그런데 검첨이 살갗 속으로 움푹 들어가는 것이 보이자 즉시 멈추었다.

그녀의 생각으로는 금강불괴지체라면 살갗이 쇠처럼 단단해서 검첨이 들어가지 않는다.

그런데 수월화의 눈이 조금 커졌다. 단검의 검첨은 매우 뾰족하고 날카로워서 그 정도로 살갗을 파고들어 갔으면 피가 나야 마땅하다.

그런네 피가 한 방울도 나지 않았다. 자세히 보니까 검첨으로 찌른 부위에는 긁힌 흠집조차 생기지 않았다.

그녀가 다시 단검을 고쳐 잡고는 조심스럽게 그의 등을 찌르자 검첨이 살갗 속으로 들어갔다. 그런데 조금 더 힘을 주니까 멈추었다. 그제야 그녀는 깨달았다.

원래 살갗은 물렁물렁하기 때문에 뾰족한 것으로 찌르면 움푹 파인다는 사실을.

금강불괴지체라면 태무랑의 살갖이 쇠처럼 변했을 것이라고 생각했기에 단검의 검첨이 그를 찌른 것이라고 착각했던 것이다.

즉, 검첨은 살갖의 물렁물렁한 부위만큼 들어갔다가 더 이상 파고들지 않았다.

수월화가 조금 더 힘을 주어 찔러봤으나 검첨이 들어가지 않기는 마찬가지다.

"아아! 무랑가 당신… 금강불괴지체가 됐어요!"

그녀는 믿어지지 않는다는 표정으로 탄성을 터뜨렸다.

그때 침상보를 한 아름 안고 막 휘장 밖으로 나가려던 옥령이 걸음을 뚝 멈추고 뒤돌아보았다.

"봐요! 단검이 전혀 들어가지 않아요!"

팍팍팍!

수월화는 태무랑의 등에 마구 단검을 찌르면서 흥분해서 소리쳤다.

옥령은 복잡한 표정으로 태무랑을 바라보았다. 예전에 그녀가 단유천과 함께 추진했던, 그리고 그토록 이루고 싶었던 금강불괴지체를 태무랑이 이루었다니 감회가 새로웠으며 잊고 있었던 일들이 새록새록 떠올랐다.

그런데 그 계획을 명령했던 사람 중 한 명인 그녀는 이곳에서 빨랫감을 한 아름 안고 있고, 그 계획의 시험 대상 무완룡이었던 태무랑은 그녀의 주인이 됐다.

그러나 그녀의 복잡한 표정은 곧 지워졌다. 그리고 아무런 감정도 들지 않게 되었다. 그녀에겐 빠르게 희미해져 가는 추억보다는 현실이 더 중요한 것이다.

그때 옥령 쪽을 향해서 우뚝 서 있던 태무랑과 그녀의 시선이 마주쳤다.

태무랑은 미소 짓고 있던 얼굴이 차갑게 굳어졌고, 반대로 옥령은 살짝 엷은 미소를 지어 보였다.

그것은 명백한 복종의 미소다. 더 이상 항거하지 않고 무조건 굴복, 맹종한다는 표시다.

어쩌면 그 미소에는 태무랑이 금강불괴지체가 된 것을 축하한다는 의미도 담겨 있을지도 모른다.

그러나 옥령은 감히 태무랑의 시선을 마주하지 못하고 얼른 눈을 내리깔고는 몸을 돌려 나가 버렸다.

푹! 푹!

"앗!"

그런데 단검으로 태무랑의 등을 마구 찌르던 수월화가 뾰족한 비명을 터뜨렸다.

단검이 그의 등을 뚫고 한 뼘이나 쑥쑥 들어가 버린 것이다. 그것도 두 번씩이나.

"아아… 무랑가……!"

태무랑의 두 군데 상처에서 피가 뿜어 나오자 수월화는 크게 당황하여 어쩔 줄을 몰랐다.

하지만 태무랑은 아무렇지도 않은 듯 묵묵히 서 있었다. 그는 단검에 찔린 것보다는 어째서 금강불괴지체였다가 칼에 찔린 것인지 그것이 더 궁금했다.

수월화는 놀란 나머지 태무랑이 스스로 치료를 하는 능력이 있다는 사실을 잠시 망각하고 다급히 소리쳤다.

"거기, 어서 헝겊을 가져오너라!"

그녀는 급히 태무랑의 허리를 안아서 앉혔다.

"어, 어서 앉으세요, 무랑가. 아아, 어쩌면 좋아……."

그때 옥령이 급히 달려와서 깨끗한 비단 수건으로 태무랑의 등에 난 피를 직접 닦았다.

"내가 하겠다."

수월화가 손을 내미는데도 옥령은 듣지 못한 듯 부지런히 태무랑의 등을 문질렀다.

수월화는 옥령의 막무가내식의 대담한 행동에 약간 어이없는 듯한 표정을 지었다.

그러다가 태무랑의 등에 아무런 상처가 없이 말짱한 것을 발견하고는 그제야 그가 스스로 치료하는 능력이 있다는 사실을 기억해 냈다.

하지만 그녀는 옥령의 행동과 표정 때문에 새로운 놀라움을 겪고 있었다.

옥령은 몹시 당황한 표정으로 연신 부지런히 태무랑의 등을 닦고 있는데 상처가 다 나았다는 것도, 피가 더 이상 없다는 것도 모르는 듯했다.

단지 그녀는 태무랑이 상처를 입었다는 사실 때문에 크게 놀라고 또 충격을 받은 것 같았다.

수월화는 일개 배료인 그녀의 지나친 행동을 어떻게 이해해야 할지 몰라 적잖이 당황했다.

옥령의 행동은 마치 아내가 남편의 부상에 놀라고 당황하는 모습 그대로였다. 도대체 배료인 그녀가 어째서 그런 행동을 취하는 것인가.

"그만해라."

수월화가 옥령의 팔을 잡았다. 그런데도 그녀의 팔에는 힘이 들어가 있었다.

그녀는 팔을 잡히고서도 움찔거리면서 몇 번 더 문지르는 동작을 취한 다음에야 멍한 눈빛으로 태무랑의 깨끗한 등을 바라보았다.

"왜 그랬느냐?"

수월화가 차분하게 물었다.

"네?"

옥령은 당황해서 수월화를 쳐다봤다가 시선이 마주치자

급히 고개를 숙였다.

"자, 잘못했습니다. 용서하세요."

그제야 그녀는 자신의 손에 피 묻은 비단 수건이 쥐어져 있다는 사실을 깨달았다.

수월화는 잘못을 비는 옥령을 물끄러미 응시하다가 부드럽게 미소 지으며 그녀의 어깨에 손을 얹었다.

"괜찮다. 그만 물러가거라."

옥령과 소향은 배료로서 태무랑의 소유물이다. 그가 마음껏 갖고 놀아도 되는 존재들이다.

하지만 그녀들은 태무랑의 부인도 첩도, 그 어떤 의미를 갖고 있는 존재도 아니다. 그저 싫증나면 내쳐 버리면 그만인 물건 같은 것이다.

왕가의 생활 습관이 몸에 배어 있는 수월화는 태무랑이 옥령이나 소향과 동침을 하더라도 추호도 질투하지 않도록 습성이 배어 있다. 물건에게 질투하는 것은 어리석은 일이다.

수월화는 어쩌면 태무랑이 소향은 아니더라도 옥령하고는 정사를 했을지도 모른다고 짐작했다. 자신과 태무랑의 정사 때에는 그가 꼭 옥령을 침상 가까이 불러서 지켜보게 하는 것을 보고 짐작한 것이다.

물론 수월화는 옥령의 진짜 신분을 꿈에도 모르고 있다. 그러므로 태무랑이 자인원에서 그녀와 정사를 했을 것이라고는 상상조차 하지 않는다.

다만 그녀가 태무랑의 배료가 된 이후에 미모가 그의 눈에 들어서 관계를 맺었을지도 모른다고 생각하는 정도다.

그래서 방금 옥령이 태무랑의 상처를 보고는 당황하며 저지른 행동을 그런 맥락에서 해석했다.

자신과 정사를 맺은 남자, 즉 지아비를 염려하는 여자의 마음에서 그랬다는 의미다.

정말 그랬다면 그것은 경을 칠 일이다. 한낱 배료 따위가 부인이 할 일을 가로챈 경거망동이다.

그러므로 어떤 중벌을 내려도 옥령으로선 입이 백 개라도 할 말이 없다. 하지만 수월화는 그런 것으로 벌을 내리고 싶은 마음이 없었다.

수월화는 침상에 태무랑과 마주 앉았다. 그녀는 잠옷 차림이고 태무랑은 여전히 알몸이다. 금강불괴지체에 대한 일이 아직 끝나지 않았기 때문이다.

곰곰이 생각하던 태무랑이 여전히 생각하는 모습으로 입을 열었다.

"내 생각에는 운공조식 직후에만 잠깐 동안 금강불괴지체가 되는 것 같군."

수월화로서도 현재는 그렇게밖에 생각할 수가 없다.

“그런 것 같아요. 하지만 부지런히 운공조식을 하면 언젠가는 상시 금강불괴지체가 되실 것 같아요.”

태무랑은 고개를 끄덕였다.

“그렇게 하도록 하지.”

수월화는 옥령에게 태무랑의 옷을 가져오도록 지시했다.

옥령이 태무랑의 옷 입는 것을 시중드는 동안 수월화도 소향의 도움으로 옷을 입고는 정겹게 미소 지으며 태무랑의 손을 잡았다.

“부모님께 문안 인사 드리러 가요.”

第八十章
무엇을 원하느냐?

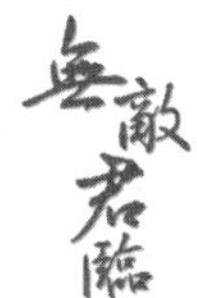

　태무랑은 편좌방의 노대(발코니)에 혼자 앉아서 생각에 잠겨 있다.

　진진하에서 싸움 이후 그는 잠깐 동안도 혼자 있을 시간이 없었다.

　벽교상과 소천군, 소아상에다 은지화와 신풍개 등까지 우장각에 머물고 있기 때문에 그들이 태무랑을 혼자 있도록 내버려 두지 않았다.

　오늘은 벽교상과 소천군 등에게 남경의 명승지를 두루 구경시키고 또 유명한 주루에서 요리를 대접하라고 수월화에게 떠맡기고는 비로소 혼자 시간을 갖게 되었다.

현재 그는 생각할 것이 많다. 그중에서도 단연 첫 번째가 단유천의 행방을 찾는 것이다.

신풍개에게 단유천을 찾으라고 부탁은 했으나 그다지 믿음은 가지 않는다.

무극신련 고수들이 제남에서 남경으로 오는 것조차 개방이 모르고 있었지 않은가. 더구나 단유천이 남경에 있다면 개방이 찾을 수 있을 정도로 어수룩하게 은둔하고 있지는 않을 것이다.

지금은 승리에 도취해 있을 때가 아니다. 더구나 이것은 승리라고 할 수가 없다.

철화천궁과 절정문의 도움을 받아서 극적으로 한차례 위기를 넘긴 것에 불과하다.

태무랑이 포기하지 않는 것처럼 단유천도 절대로 포기하지 않을 것이다.

처음에 단유천은 가벼운 생각으로 태무랑을 잡아들이려고 했을 것이다.

하지만 회를 거듭할수록 태무랑에게 뜨거운 맛을 보게 되어 이제는 사생결단의 심정이 됐을 터이다.

그러므로 단유천은 지금쯤 절치부심하면서 또 다른 계획을 꾸미고 있을 것이 분명하다.

그런데도 태무랑은 거의 두 손을 놓고 있다시피 아무것도 하지 않고 있다.

더구나 벽교상의 철화천궁과 소천군의 절정문이 언제까지나 무령왕가를 지켜줄 수는 없다. 그들은 언젠가는 떠날 것이고, 그때는 태무랑과 무령왕가의 군사만으로 단유천과 무극신련을 상대해야만 한다.

아니, 지금 당장에라도 단유천이 무극신련 이만여 고수들과 살아남은 무극백절들을 이끌고 무령왕가를 총공격한다면 그야말로 큰일이다.

천하제일인 소천군과 백 명의 절정문 고수들, 그리고 벽교상의 막강한 선위단이 있기는 하지만 무극신련의 이만여 고수들은 결코 만만한 상대가 아니다.

그러므로 어느 쪽도 승리를 장담하지 못하며 양쪽이 전멸하는 양패공상이 될 가능성이 크다.

하지만 단유천이 그렇게까지 희생을 치르면서 공격을 하지는 않을 것이다. 현재 그는 철화천궁과 치열한 전쟁 중이다. 그런 상황에서 이만여 고수를 잃는다면 전쟁에서 지고 말 것이다.

태무랑은 자신이 무령왕가에 묵고 나서부터 이곳에서의 생활이 너무 행복하기 때문에 단유천에 대한 복수심이 엷어지고 있는 것은 아닌지 의심이 들었다.

하지만 그것은 아니다. 행복하면 행복할수록 한시바삐 복수를 끝내고 진정한 행복을 누려야겠다는 생각이 간절하게 들었다.

또한 무령왕가를 자신의 평생 터전으로 삼을 결심을 했기 때문에 그것을 방해하고 있는 단유천을 죽여 없애는 것은 피할 수 없는 운명이다.

'무슨 일이 있어도 놈이 다음 행동을 취하기 전에 찾아내야만 한다.'

단유천이 행동을 취하면 어떤 형태로든 또다시 큰 피해를 입게 될 터이다.

지난번에 단유천과 천자필사가 무령왕가에 잠입했던 것도, 그리고 이번에 진진하에서의 싸움도 둘 다 원인은 태무랑 때문이다.

달리 말해서 그로 인해 무령왕가에 이미 여러 가지 피해를 끼친 것이다.

미천한 신분인 자신을 무령왕의 사위로까지 맞아준 은혜에 대해서 그는 오히려 큰 피해를 입히는 것으로 보답하고 있는 것이다.

슥—

그때 옥령이 다가와 태무랑 앞의 탁자에 조심스럽게 찻잔을 내려놓았다.

그가 힐끗 쳐다보자 옥령은 움찔하며 급히 고개를 숙이고 뒷걸음질 쳤다.

그는 옥령에게서 시선을 거두고 차를 마시면서 생각했다.

'저 계집을 이용할 수도 있겠군.'

뜨거운 차를 한 잔 다 마실 즈음에 그는 한 가지 큰 결정을 내렸다.

태무랑은 무령왕과 마주 보고 앉았다.

"말씀드릴 것이 있습니다."

"말해보게."

무령왕은 태무랑을 쳐다만 봐도 좋다는 듯 미소를 감추지 못하고 고개를 끄덕였다.

태무랑은 말하기가 어려운 듯 얼른 말을 꺼내지 못했다. 그만큼 중대하고 또 무령왕의 마음을 상하게 하는 내용이기 때문이다.

"뭔데 그러나? 자네 말이라면 뭐든 다 들어줄 테니까 어서 말해보게."

무령왕이 그렇게까지 말하니 더욱 말을 꺼내기가 어려웠다. 하지만 반드시 해야만 할 일이다. 머뭇거리다간 죽도 밥도 안 된다.

"당분간 나가 있겠습니다."

"음?"

무령왕은 그의 말뜻을 금세 이해하지 못했다.

"무슨 뜻인가? 외출이라도 하겠다는 것인가? 그런 거라면 굳이 내 허락을 받지 않아도 되네."

"왕가를 나가 있다가 일이 해결되면 돌아오겠습니다."

"뭐?"

그제야 태무랑의 말뜻을 알아들은 무령왕은 적잖이 놀라는 표정을 지었다.

또한 그는 태무랑의 말을 듣는 순간 그의 마음을 충분히 이해했다.

무령왕가에 피해를 입히지 않고, 또한 무령왕의 도움을 받지 않고 혼자서 단유천을 해결하고 깨끗한 상태로 무령왕가에 돌아오겠다는 뜻이다.

"무랑, 자넨 이미 내 사위나 다름이 없네. 우린 가족이야. 그러므로 자네의 일이 곧 내 일이 아닌가?"

그 말을 들으면서 태무랑은 가슴속에서 따뜻한 정이 흐르는 것을 느꼈다.

그래서 그는 이렇게 좋은 사람들을 괴롭혀서는 안 되겠다고 더욱 결심을 다졌다.

그는 일어나서 공손히 허리를 굽혔다.

"빠른 시일 내에 일을 처리하고 돌아오겠습니다."

"자네."

"아버님."

무령왕은 태무랑이 말끝에 '아버님' 이라고 부르자 가볍게 움찔했다.

그 호칭에는 여러 가지 의미가 담겨 있었지만 무령왕은 두 가지를 간파했다.

태무랑의 결심이 단호하다는 것, 그리고 그는 누구보다도 무령왕 부부와 수월화를 가족처럼 생각하고 있다는 것이다.

무령왕은 태무랑의 결심을 되돌릴 수 없다는 것을 깨닫고 무겁게 고개를 끄덕였다.

"알았네. 하지만 한 가지 조건이 있네. 그것을 들어주지 않는다면 나도 자넬 보내지 않겠네."

*　　　*　　　*

무령왕의 무남독녀인 수월화의 혼인이 무기한 연기됐다는 소문이 남경 성내에 파다하게 퍼졌다.

그 소문은 단지 소문으로 그치지 않았다. 무령왕가 내에서 활발하게 진행되고 있던 혼사 준비가 전면 중단된 것이다.

무령왕가의 혼사 특수를 맞아서 기대에 들떴던 남경 성내의 많은 점포들은 울상을 지었다.

대목을 보려고 대량으로 준비해 놓은 혼사 물품들이 날아가 버릴 상황이기 때문이다.

그리고 소문이 나돌기 시작한 지 채 하루가 지나기도 전에 남경 성내에서 장사를 하는 많은 장사치들의 입을 통해서 그것은 사실로 굳어졌다.

또한 무령왕가의 군사들이나 하인, 숙수들마저도 혼사가 무기한 연기된 것이 아니라 아예 취소됐다고 공공연히 떠들고 다녔다.

그리고 마지막 소문은 수월화의 남편감인 총사우장군이 지위가 박탈당하고 무령왕가를 떠났다는 것이다.

이유는 총사우장군이 무령왕가에 큰 피해를 끼쳤다는 확인되지 않은 사실이었다.

*　　　*　　　*

밤의 장강에 한 척의 배가 떠 있다.

길이 십여 장, 폭 사 장여. 이층에 선실이 하나 있고, 두 개의 돛을 단 중간 크기의 배다.

꽤 낡은 배처럼 보였으며 배의 앞과 뒤쪽 갑판에는 고기잡이에 필요한 어구(漁具)들과 그물 따위가 정돈되어 있어서 한 눈에도 고깃배라는 것을 알 수가 있다. 그 외에는 별달리 눈에 띄는 것이 없다.

사실 이 배는 태무랑이 신풍개에게 부탁을 해서 급히 어렵사리 구했다.

건조한 지 몇 개월도 안 되는 것을 웃돈을 두둑이 얹어서 구입했으며, 고깃배로 위장하기 위해서 어구들을 준비했고 낡은 배로 보이려고 여러모로 공을 들였다.

태무랑은 남경 성내에 장원을 구하는 것보다 언제든지 이동하기 편리한 배를 선택했다. 예전에 금오를 타고 이동하면서 생활을 해본 경험이 있기 때문이다.

그는 단유천이 아직 남경을 떠나지 않았거나 근처에 있을 것이라고 확신했다.

그가 무령왕가, 아니, 태무랑을 포기하지 않는 한 남경을 떠나지 않을 것이기 때문이다.

이제 무령왕가의 혼사가 깨지고 태무랑이 무령왕가를 떠났다는 소문이 파다하게 퍼졌으니 단유천은 어떤 식으로든 행동할 것이다.

태무랑으로서는 그것을 포착해야만 한다.

태무랑의 배에는 꼭 필요한 사람들만 타고 있다.

그는 옥령과 천자필사를 데리고 왔다. 그녀들을 무령왕가에 놔두는 것은 화약을 놔두고 오는 것이나 다름이 없다. 그녀들이 그곳에 있다는 사실을 단유천이 알게 되면 가만있지 않을 것이기 때문이다.

또한 태무랑은 옥령과 천자필사를 최대한 이용할 생각이다. 어떤 식으로 이용할지는 아직 구체적으로 생각하지 않았으나 우선 그녀들을 통해서 단유천과 무극신련에 대한 모든 것을 알아낼 것이다.

지금까지의 그는 무극신련과 단유천에 대해서 자신이 알고 있는 한계 내에서의 지식만 갖고 싸웠다.

하지만 그것은 잘못된 것이었다. 상대를 완벽하게 알고 싸운다면 더 큰 효과를 얻을 수 있을 터이다. 상대를 모르고 어찌 싸울 수 있겠는가.

그리고 이 배에는 비한이 타고 있다. 무령왕은 태무랑이 무령왕가를 잠시 나가 있는 것을 허락하는 대신에 한 가지 조건을 제시했는데, 그것이 바로 비한을 데리고 가라는 것이었다.

하지만 은지화는 떼어두고 왔다. 아니, 그녀에겐 아무 말도 하지 않고 나왔기 때문에 태무랑이 어디로 갔는지, 무엇 때문에 사라졌는지도 모르고 있을 것이다.

태무랑은 은지화와 낙성검문에도 피해를 끼치는 것이 싫었다. 그녀는 이미 그를 위해서 많은 일을 해주었고, 또 그보다 더 큰 피해를 입었다.

무령왕가에 더 이상의 피해를 입히지 않으려는 의도가 그녀에게도 적용된 것이다.

그 외에 형구와 우경도를 데리고 왔다. 우경도의 두 딸은 무령왕가에 두었다. 수월화와 태화연처럼 그녀들도 무령왕가의 보호가 필요하다.

"더 없느냐?"

"네."

태무랑의 물음에 옥령은 조심스럽게 대답했다.

옥령은 거의 반나절 이상 걸려서 단유천과 무극신련에 대해서 자신이 알고 있는 모든 것을 태무랑에게 자세히 말해주었다.

태무랑이 그것들에 대해서 말해달라고 하자 옥령은 추호의 망설임도 없이 설명을 시작하여 방금 전에 끝냈다.

그녀는 오히려 자신이 혹시 빼놓은 것이 없는지 골똘히 생각할 정도로 적극적이었다.

"됐다. 그만 가서 자라."

태무랑이 고개를 끄덕이며 가라고 했지만 옥령은 일어서지 않았다. 그리고 엷은 아쉬운 표정을 지으며 조심스럽게 그를 바라보았다.

그녀는 단유천이나 무극신련에 대해서 더 해줄 수 있는 내용이 있었으면 좋겠다고 생각했다. 하지만 더 이상 아는 얘기가 없었다.

"주무시는 것 보고 나가겠어요."

태무랑이 왜 나가지 않느냐는 표정으로 쳐다보자 그녀는 겁먹은 얼굴로 그렇게 말했다.

그녀는 태무랑의 배료로서 말한 것이다. 이곳에서도 자신의 본분이 그의 시중을 드는 것이라고 생각했다.

이어서 그녀는 태무랑이 뭐라고 말하기도 전에 일어나서 침상의 이불과 베개를 정리하고 한쪽에 다소곳이 두 손을 앞에 모으고 섰다.

그녀는 가슴이 심하게 쿵쾅거렸다. 이곳에는 늘 태무랑 곁에 그림자처럼 붙어 있던 수월화가 없다. 뿐만 아니라 배료인 소향도 없다.

그러나 늘 태무랑 곁에 그림자처럼 붙어 있었으나 있는 듯 없는 듯 존재 가치가 없던 옥령은 그의 곁에 있다.

오늘 밤은, 아니, 이제부터 태무랑은 순전히 그녀 혼자만 독차지할 수 있다.

그는 그것을 의식하지 않겠지만, 옥령은 그 사실 때문에 미친 듯이 흥분되고 또 긴장하고 있다.

무슨 일이 일어날 것이라고는 기대하지 않는다. 단지 자신이 존재하고 시중을 들어준다는 사실을 태무랑이 알아주면 그로써 만족한다.

태무랑은 그녀가 있는지 신경도 쓰지 않고 그로부터도 오랫동안 이것저것 생각하다가 이윽고 잠을 자기 위해서 침상으로 향했다.

옥령이 잠옷을 집어 들었다. 하지만 태무랑은 그녀를 지나쳐서 그냥 침상에 누웠다.

옥령은 잠시 동안 태무랑을 굽어보다가 촛불을 끄고 선실을 나왔다.

탁!

밖으로 나온 그녀는 아까보다 더 가슴이 미친 듯이 뛰어서 터져 버릴 것만 같았다.

그녀는 이렇게 오랫동안 태무랑 곁에 있어본 적이 없었다. 이제 태무랑은 오로지 그녀만의 것이다.

옥령이 자신의 방에 들어갔을 때 함께 이곳에 온 또 다른 하녀는 이미 잠들어 있었다.

새로 온 이 하녀는 벙어리다. 더구나 화상으로 얼굴 거의 대부분이 일그러져서 매우 흉측한 모습이다.

그래서 옥령은 그 하녀의 이름은 물론이고 아무것도 모르고 있다.

단지 태무랑의 거처에 허드렛일을 하러 새로 온 하녀 정도
로만 알고 있을 뿐이다.

그런데 태무랑이 무엇 때문에 벙어리하녀를 이곳에 데리
고 왔는지 모르겠다. 하지만 옥령은 별로 신경 쓰지 않았다.
원래 기쁨과 기대가 크면 웬만한 일은 눈에 들어오지 않는 법
이다.

옥령은 잠옷으로 갈아입고 침상에 누워 이불을 목까지 끌
어올리고 눈을 감았다.

정박해 있는 배의 뱃전을 강물이 철썩철썩 두드리는 소리
가 매우 정겹게 느껴졌다.

"끄윽… 끅……."

옥령은 정신이 번쩍 들었다. 무엇인가 자신의 목을 거세게
조르고 있기 때문이다. 그녀는 발버둥을 치면서 두 손을 마구
허우적거렸다.

눈을 뜬 그녀가 제일 먼저 발견한 것은 악마였다.

흐릿한 어둠 속에서 추악한 얼굴이 흰 이빨을 드러내고 눈
알을 부라리면서 옥령을 쏘아보며 입에서 침을 질질 흘리고
있었다.

그 악마가 두 손으로 옥령의 목을 조르고 있었다. 얼마나
세게 조르는지 옥령은 목이 부러질 것만 같았다.

그 악마가 두 눈에서 시퍼런 살광을 뿜어내면서 들리지 않는 고함을 질러댔다.

'이렇게 구질구질하게 사느니 죽어! 원수 놈에게 사랑을 구걸하느니 차라리 뒈져 버려! 널 구하겠다고 발버둥치고 있는 대공이 가련하구나! 네가 죽으면 대공도 무모한 싸움을 하지 않을 거다! 그러니 죽어라, 죽어!'

악마는 불에 데서 흉측하게 일그러진 얼굴을 하고 있었다. 그런 얼굴에 섬뜩한 표정을 짓자 더욱 공포스럽다.

"끄으으……."

옥령은 손톱으로 악마의 손등과 팔뚝을 마구 할퀴어서 피가 철철 흐르게 하였다. 하지만 흉측한 몰골의 악마는 더욱 두 손에 힘을 주었다.

휙!

쿵!

"악!"

그때 누군가 악마의 뒷덜미를 잡아서 선실 구석으로 가볍게 집어 던졌고, 악마는 내동댕이쳐지면서 비명을 질렀다.

옥령은 얼굴에 핏기 하나 없이 하얗게 질려 있다가 갑자기 크게 숨을 들이쉬었다.

"하아악!"

그녀는 몇 차례 크게 호흡하더니 갑자기 격렬하게 기침을 하기 시작했다.

그러다가 그녀는 침상 가에 태무랑이 우뚝 서 있는 것을 발견하고는 뚝 동작을 멈추었다.

태무랑은 한쪽 구석에 처박혀 쓰러진 채 온몸을 떨며 짐승 같은 신음을 흘리고 있는 악마를 무심한 표정으로 지켜보고 있었다.

"으흑흑!"

순간 옥령은 태무랑에게 뛰어들며 울음을 터뜨렸다. 왜 갑자기 그에게 이런 행동을 하는 것인지, 그리고 이런 행동 이후에 무슨 결과가 기다리고 있을지 조금도 생각하지 않았다.

태무랑을 보는 순간 그저 울음이 터져 나왔다. 방금까지의 상황이 너무도 끔찍했고, 그래서 그가 반가웠다. 또한 그가 자신의 목숨을 살려주었다는 사실에 감격했다.

하지만 그것만이 아니다. 그녀 속에 오랫동안 꾹꾹 눌려져 있던 것들이 한꺼번에 분출된 것이다.

태무랑과의 격렬했던 정사, 납치당함, 배료로서의 비통함, 원수를 눈앞에 두고서도 죽이지 못하는 참담함, 그 원수에게 품고 있는 저주스러운 애정 따위가 지금 이 순간 한꺼번에 터져 나와 버린 것이다.

태무랑은 장승처럼 우뚝 선 채 꼼짝도 하지 않고 무심한 얼굴로 옥령을 굽어보았다.

그러다가 구석을 쳐다보니 악마, 아니, 천자필사가 코와 입에서 피를 흘리면서, 아니, 일그러진 얼굴이기 때문에 어디가 입이고 코인지 알 수가 없다.

하여튼 피를 흘리면서 새파랗게 독기 어린 눈빛으로 태무랑을 쏘아보고 있었다.

태무랑은 천자필사를 보면서 히죽 미소 지었다. 그리고는 옥령을 굽어보며 짧게 명령했다.

"벗어라."

"……!"

옥령은 흐느끼던 동작을 뚝 멈추더니 한동안 가만히 있다가 이윽고 그의 품에서 떨어져 바들바들 떨리는 손으로 옷을 벗기 시작했다.

어둠 속에서 완전히 나신이 된 옥령의 모습이 슬프도록 아름답게 빛났다.

"누워라."

옥령은 최면을 당한 사람처럼, 아니, 열망과 두려움이 섞인 표정을 지으며 스르르 누웠다.

지금 이 순간 그녀의 머릿속에는 한 가지 생각, 아니, 일념만 들어 있었다.

그토록 갈망하던 태무랑의 사랑을 얻게 되었다는 것, 오로지 그것뿐이었다.

"으으……."

천자필사가 꿈틀거리면서, 그러나 여전히 독기 어린 눈빛을 뿜어내면서 태무랑을 쏘아보며 상처 입은 짐승 같은 신음 소리를 흘렸다.

하지만 그녀는 조금 전에 태무랑에게 집어 던져져서 팔과 다리가 부러진 상태라서 꼼짝도 하지 못했다.

태무랑의 눈과 입에는 잔인한 미소가 어른거렸다. 하지만 옥령의 눈에는 자신을 사랑스럽게 바라보는 미소로 보였다.

그는 옥령을 굽어보며 중얼거렸다.

"내가 어떻게 해주기를 원하느냐?"

"저는… 소녀는……."

옥령은 당황했다.

"원하는 것이 없다면 가겠다."

"당신을 원해요!"

태무랑이 몸을 돌리려고 하자 옥령이 급히 상체를 일으켜 그를 와락 안으면서 외쳤다.

"으어어……."

천자필사가 웅크린 채 계속 짐승 같은 소리를 냈다. 하지만 그따위는 옥령의 귀에 들어오지도 않았다.

"나의 무엇을 원하느냐?"

옥령은 대답하지 않으면 다시는 이런 기회가 오지 않을 것이라고 생각했다. 그녀의 시선이 태무랑의 하체 중요한 부위로 향했다.

"이것……."

"이것을 어떻게 하라는 것이냐?"

"이것을… 이것을……."

그녀는 급히 침상에 벌렁 누워 다리를 활짝 벌리면서 손으로 자신의 옥문을 가리키며 열에 들뜬 얼굴로 외쳤다.

"여기에 넣어주세요."

*　　　*　　　*

백여 명의 군사들이 남경성주의 대장원 내를 샅샅이 뒤지고 있었다.

뭔가 의심을 해서가 아니라 현재 무령왕의 군사들과 사병들이 남경성 안팎을 이 잡듯이 뒤지고 있는데 이곳을 수색하는 것은 그 연장이라고 할 수 있다.

얼마 전까지만 해도 남경성주의 장원은 수색, 조사 대상에서 제외였는데 이제는 어느 누구도 예외가 없다.

군사들은 흩어져서 대장원 곳곳을 살폈다. 단유천과 무극
백절, 천풍대가 묵고 있는 전각도 샅샅이 뒤졌다. 하지만 그
곳은 텅 비어 있었다.

군사들이 대장원에서 완전히 철수한 후에 전각의 일층
한 방의 서가가 옆으로 이동하더니 뒤쪽 벽에 석문이 열렸
다.

그리고 석문 아래 지하 석실에 숨어 있던 단유천 이하 철기
와 무극백절, 천풍대 고수들이 속속 밖으로 나왔다.

단유천은 들것에 실려서 천풍대 고수 두 명이 양쪽에서 들
고 밖으로 나왔다.

단유천은 자신의 방으로 돌아왔다.

침상에 벌렁 누워 있는 그는 비참한 기분에 사로잡혀서 질
끈 눈을 감은 채 미간을 잔뜩 좁히고 있었다.

자신의 발로 걷지도 못하고 게다가 왼팔을 완전히 못 쓰게
된, 즉 팔 병신이 된데다 허리 뒤쪽을 잘리다시피 베인 상처
는 한 달 이상 치료를 해야 낫는다는 사실 때문에 그는 지독
한 패배 의식에 빠져 있는 상태다.

그는 자신이 영원히 깨어나지 못하는 잠을 자면서 악몽을
꾸고 있는 것 같았다.

그에게 일어난 일들은 악몽이 아니라면 도저히 있을 수 없

는 일인 것이다.

모든 게 엉망이다. 태무랑을 죽이지도 못했을 뿐만 아니라 옥령이나 천자필사를 구하기는커녕 얼굴을 보지도 못했으며, 무극백절을 수십 명이나 잃었다.

더구나 철화천궁과의 전쟁은 멈춘 상황이다. 제남에 있던 고수들을 대거 남경으로 불렀고, 또 총단주인 그가 중상을 당해 자리보전하고 누워 있는 신세이기 때문이다.

"으드득! 흑풍창기병 이놈."

하루에도 수백 번씩 퍼붓는 저주가 또다시 그의 입에서 흘러나왔다.

척!

그때 문이 열리는 소리가 들렸다.

단유천은 눈도 뜨지 않고 와락 인상을 쓰며 내뱉었다.

"아무도 들어오지 말라고 했을 텐데?"

그러자 나지막하며 조용한 목소리가 단유천의 고막을 잔잔히 흔들었다.

"일어나라."

"……!"

순간 단유천은 소스라치게 놀라서 벌떡 일어났다가 방에 들어선 사람이 누군지 확인하고는 그대로 침상 아래로 뛰어내려 부복하며 머리를 조아렸다.

“사, 사부님!”
그는 너무 놀라서 자신이 중상을 당한 몸이라는 사실도 깨
닫지 못했다.

『무적군림』 8권에 계속…

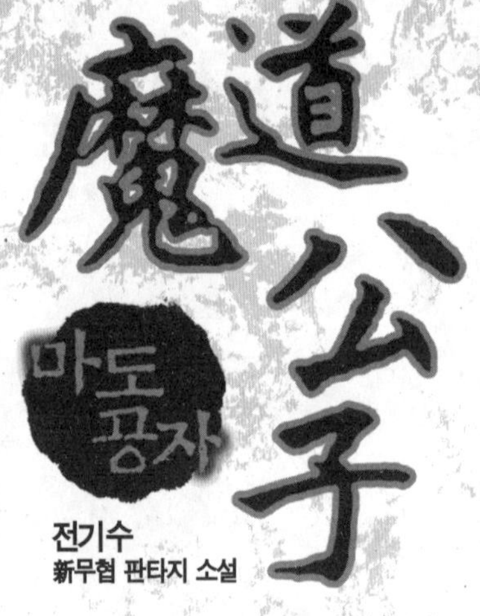

魔道公子
마도
꽁자
전기수
新무협 판타지 소설